■ "青年文摘"系列图书编辑委员会

主　　任：张景岩
副 主 任：续文利
主　　编：李师东
副 主 编：王寒柏
执行主编：冈　宁
编　　委：李晓丽　周　游

青年文摘 时尚阅读系列图书

PLEASURE·贰

周　游　陈思亮 ●编著

中国青年出版社

（京）新登字083号

图书在版编目（CIP）数据

悦. 贰/周游，陈思亮编著.—北京：中国青年出版社，2010.5
（"青年文摘"系列图书）
ISBN 978-7-5006-9303-1

Ⅰ.①悦… Ⅱ.①周…②陈… Ⅲ.①小品文—作品集—中国—当代 Ⅳ.①I267.3

中国版本图书馆CIP数据核字（2010）第076625号

作　　者：	周　游　陈思亮
责任编辑：	李晓丽
书籍设计：	黄　恺　　京庆联合
出版发行：	中国青年出版社
社　　址：	北京东四十二条21号
邮　　编：	100708
网　　址：	www.cyp.com.cn
门市部电话：	010-57350370
编辑部电话：	010-57350506
电子邮件：	lxlcyp@163.com
印　　刷：	中青印刷厂
经　　销：	新华书店
规　　格：	880×1230 1/32
印　　张：	4.5
插　　页：	2
字　　数：	80千字
印　　数：	1—8000册
版　　次：	2010年6月北京第1版
印　　次：	2010年6月北京第1次印刷
定　　价：	19.00元

本图书如有印装质量问题，请凭购书发票与质检部联系调换　联系电话：（010-57350335）

YOU REN DU SHU, JIU HUI YOU REN XIANG DAO WO MEN
[有人读书，就会有人想到我们]

　　书是好东西，可以叠飞机，撕一页下来，弯弯折折，从窗口丢出，顺风飘下，就是我少年时的生活。

　　秋天是撕书的好季节，落叶夹杂着书页，飘飘洒洒，拼出许多莫名的形状，天上有多少种云，地上就有多少种书页与树叶的拼图。

　　我从未扔过整本的书，怕砸到人。

　　我住在7楼。

　　长大以后，想做一本书，能让人笑上一个下午，回味一个晚上，入夜后做一个关于它的梦。

　　也许某天，它会被撕掉，让捡到的孩子视做瑰宝，捡到一页，就收留一页，直到看腻了，或者被自己的文字取代。

　　哪怕他们和我一样喜新厌旧。

　　我希望：有人读书，就会有人想到这本书。

LU SUO LUN YU LE
★卢梭论娱乐

  这些娱乐节目的内容是什么？他们将要展示什么？什么都没有，如果你愿意这么说的话。在自由的国度里，一切都那么丰裕，一切都那么美好。在广场的中央立一根木桩，上面插满鲜花；人们聚集到这里来，就会有一个欢快的节日。还可以做得更好一点；让观众自己成为娱乐节目，让他们自己来当演员；这样，每个人都在其他人身上看到自己并且热爱自己，全体人民将更加紧密地团结在一起。

提示：阅读时请注意光线充足！
保护视力是一辈子的事情！

产品说明书

本书适合

床上阅读

车上阅读

厕所阅读

等等等等

MU LU
[目录]

说普通话
从心灵鸡汤说开去--1

悦·开眼

引子
百度知道--8

一些莫名的事
一条身价倍增的狗--12
叉烧饭--14
搬家记--22

一些奇妙的景
大庆交通银行--25
自制北京地铁终极规划图--28

悦·开侃

引子
动漫的小结--32

正面例子
马良和中国动画的第一支笔--38
疯狂的石猴和中国动画的巅峰时刻---------------------------------39
喜羊羊与中国动画的复苏---40
迪斯尼和他的朋友们---42
上杉达也与我们或他们的少年生活---------------------------------43
圣斗士与另一群超强的家伙们---------------------------------------44
JOJO和一休的智力游戏--46
如果多啦A梦就在我们的抽屉里------------------------------------48

MU LU
[目录]

有关阿拉蕾的火爆回忆---49
林明美的歌声与凌波丽的天然呆----------------------------50
与巴巴爸爸有关的鼹鼠种植计划----------------------------52
剑心抡刀的时候要比银桑可怕得多--------------------------54
两个恐怖儿童和他们的一家子------------------------------56
如果辛普森生活在科罗拉多州的南方公园--------------------58
NANA们的坚强笑容和辛酸眼泪------------------------------60

反面教材
如果世界上有几个动画确实可以称为垃圾--------------------62

To be continued
动画及其周边--64

外一篇
为年轻人申辩--68

悦・开窍

挺格言的
三人行，没有我师---85
无欲则糠--88

挺哲理的
旅行者的故事---90

压卷之作
我的同学王二锁---97

最后几页

两个特别说明
什么是吟游诗人--122
手机被偷后的某种解决方案--------------------------------125

最后一扯
关于几个作者的闲杂事------------------------------------126

返场再来
拨--128

后记--131

[说普通话]

从心灵鸡汤说开去

一

1996年2月15日14点28分，我翻开一本书。

书的名字叫《心灵鸡汤》。

书里有这么一个故事：

说一家三口驾房车出游，遇到一伙儿劫匪，一家三口充满爱心地告知劫匪自己的东西藏在哪里，最后劫匪深受感动，大伙儿在友好的氛围下开了个Party，一哄而散。

这个故事带给我最大的影响就是——在接下来的半年里，我放学后总是在一些阴暗的角落里徘徊转悠，期盼能点化几个劫匪皈依善门，也算功德无量。

现在回想起来，幸好我没遇到。

人越长越大，受过几次挫折，就再没有那份度人的心了。

爱心要有，警惕更重要。

二

受《十万个为什么》和现实主义文学的影响，我认为但凡是书，作者必然会对其真实性负责，于是总把文学书当实用技术手册看。

每每追问细节的时候，老师总是说，这是艺术高于生活的那部分。结果，我发现有些书写得也太艺术了。

后来，艺术问题越攒越多，每每讨论，总是晚到附带晚饭。

再后来，老师见了我就跑。倒不是他不敢请我一辈子晚饭。只是老师也有自己的生活。到现在我也没弄明白，我老师的生命中到底有没有高于生活的那部分。

我想也许有一点儿，不多。

三

每天下午3点半,康德教授总是把自己牵出来,像狗一样遛一个小时,以至于邻居可以拿他的行动对表。

康德教授到死为止,只有一次没有出门,那是因为看《爱弥儿》忘了时间。

这就是生活中偏向艺术的那部分。

每天上午8点半,你总是从床上把自己拎起来,像驴一样让自己忙活一上午,熬到中午12点,吃过午饭又要继续,晚上5点半回家,还得自己做饭。明天的生活还是不见一点儿起色。

轮到你的时候,这就成了生活中比较倒霉的那部分。

所以你总得追求点儿别的。
追求一点儿只属于你的精神生活。

四

学校会教你一堆品德,大多都是高于生活的那部分。要是人人都按学校教出来的做,那社会就和谐了。

可惜,坏人还有很多。警察只抓走了其中最坏最蠢的那部分,剩下的还在你身边不停地惦记着你。

终于有一天,你被坏人骗了,你所知道的正义没有得到伸张,你的观念开始崩溃,你觉得学校教的都是假的,你觉得只有坏人才能在这个世界上生存,于是你也变成了坏人。

你走向了一个极端。

这不是我想看到的结果。

五

过多的善只能被理解成一个愿望。
一个让世界变得更美好的愿望。
但你知道愿望并不总能实现。
目的再美好也不行,祈祷再虔诚也不行。
老妈出馊主意的时候总是强调她目的善。
尤其在馊主意被戳破之后。

六

虚假总是很容易在事实面前崩溃,并让事实倒向它所期望的反面。
当每个学生都说自己曾扶老奶奶过马路的时候,你自然就会怀疑世界上到底有没有那么多老奶奶。
很显然是某种力量在促使他们撒谎。
或者逼他们另辟蹊径。
没有老奶奶总有残疾人;没有残疾人也可以把正要过马路的家伙打成残疾人;不想把人打成残疾人也可以去帮忙推车,没有抛锚的车就撒一把钉子让它抛锚。

我不想走在一条满是钉子的路上,所以我想扮演老奶奶,站马路旁边,两块钱让人扶一次。

七

其实你还有第四种选择,就是重新塑造自己的道德标准。

这是最艰难的选择,因为心理崩溃所造成的幻灭感远比重塑道德观念的冲动要巨大。

你要考虑别人的利益,你不能背叛合作伙伴,你会因此得到很多信任,你会因此拥有很多朋友,你面对坏人时不会让自己的道德崩溃,也永远不会对他们选择宽恕。

这一切都只是因为你深深懂得,善的基本存在意义仅仅在于:合作所取得的利益总合总要大于互相拆台。如果深究起来,当今道德标准的制定,大概属于政治经济学的一部分,不过本书一点儿都不打算讨论这么沉重的问题。

真实总是不如编造的美好,但真实永远更加坚实。(文/陈思亮)

YUE · KAI YAN
悦 · 开眼

睁开眼睛,感受。

不着于形,不滞于物,莫名之事,奇妙之景,万千世界,俱收眼底,方为看。

古语云:一叶障目,不见泰山。说的就是执著。

尝试接受。

子曰:多看有好处。

[引子]

BAI DU ZHI DAO
‖ 百度知道 ‖

把百度设为主页　　　　　　　　　　百度一下，找到相关网页约9,890篇，用时0.001秒

问：

很多人说中国动画垃圾！死也不看！仿日本的！
那么大家想看什么呢？

人设（人物设定的简称）要精美，故事要幽默，要感人，要有点儿非现实，还有要有点漂亮的打斗类或者动作场面——大家还需要什么呢？

有点儿无聊的问题。哈哈。但是还是希望有人回答啊。分数就给最认真回答的人吧。

问题补充：

好几位的回答都让我好感动哦。还以为没人回答又或者随便敷衍了事呢。感动中。

好多人回答，继续感动中。

回答四：

重要的是要有内容，中国的动画都太小儿科了。还有中国的技术不行啊，好多时候一些东西表现不出来。看着费劲、很假、人物都很呆。
其实，用不着模仿日本，有时候模仿出来一部吧，看着特别可笑，内容还是很差，吸引不了人。
其实最关键的是：现在中国没有一部像你说的人设精美，故事幽默感

人，有点儿非现实，还有要有点漂亮打斗类这样的动画片啊！不是大家喜欢日式，是中国的实在没有优秀的，美国的动画不也很受欢迎吗？

胡乱说一通，想支持中国的，无奈我们这群大孩子不能整天看《大头儿子和小头爸爸》吧？

回答五：

我前几天下了个《秦时明月》，3D建模2D渲染，总体效果还是挺不错的，值得鼓励。大家记得稍微关注一下国产动漫，哪怕只是心理上一点点的支持，相信明天会好。

回答十一：

中国动画吗？
我没有刻意地去追求要画的怎么跟日本的媲美。
至少，请问，制作者们，你能画些人吗？
我不想看动物。小学生我也不想看。
国产动画，我只有一个要求，快长大吧！唉……
去年新作品，鲤鱼。寒下，今年，又出来个什么兔子、猫的。
不期待了……快老了……

回答十四：

其实什么样的动画不重要，最重要的是：
1.不要太幼稚，要成人化的，讲的是成年人的童话，成年人的心声，一看就知道是给小孩子看的一律不看。
2.不要寓教于乐，平时都累死了，看看动画轻松一下，感动一下，可以。但，看个动画还要给你搞一大堆说教，还不如睡觉。

最佳答案：

  1.画风不一定要像日本，现在的孩子们喜欢日本画风一部分是因为养眼。其实只能说是中国的画风太差了，而且一点儿也不细腻。人物的高光用的很少，基本上就是色块涂上去，现在的动画已经不再是7岁以下的孩子看的了，不要降低画面的质量！

  2.内容很重要！还是上一句话，现在的动画已经不再是7岁以下的孩子看的了，不要把内容做得那么幼稚，即使深奥些也是会有人看懂的！

  3.声优（配音演员）也是非常重要的！好多国产动画都是一听声音就让人提不起精神了。原来那些好的声优都让人家下岗转职，留下来的多数都不怎么样！当然我不是说没有好的，但是真的太少。而且感觉现在的中国很忽视声优，连片尾的声优字幕打得都不到位。真的不要小看声优！

  还有一些实例，比如《隋唐英雄传》，画面还算是不错吧（跟其他的比真是太强了），可是人物动作太僵硬了，而且有些打斗场面描画根本不细腻，最典型的是：两个人对面冲过来，只是两张图在不停地抖，然后在周围加一些动态直线，表示他们在跑在动。

  我说中国动画行不行啊？你一部动画都能做到这种份儿上，我也真不想说什么了（没有否定这部动画的意思，只是这种现象实在有点儿说不过去）。这种做法都是日本游戏中的画面做法。动画制作不能这样图省事。

  可能有些语言比较偏激，非常抱歉！

  其实我真的是非常希望可以在电视上看到中国的优秀动画的！

  本土也有一些不错的动画。像《喜羊羊与灰太狼》，就是内容轻松搞笑，而且想象力丰富，很好啊。还有《巴布熊猫》画面做得非常不错，内容也属于轻松搞笑的家庭琐事，还有《饮茶之功夫学院》人设就超可爱^-^ 内容也不错。

  突然想到一点，人设你可以设成Q版，这样很可爱，但千万不要出现貌似《大头儿子和小头爸爸》或《哪吒传奇》里那种莲藕一般的胳膊腿儿。我都不知道该怎么评价了。

最后祝本土动画早日突破瓶颈！

对了，我又想到一点：中国的动画不太会渲染气氛。如果同样的内容日本就渲染得非常好，总是能让人感动到ＴＴ。但是中国的就不行，总有点浅尝辄止的感觉。或者是根本就没啥感动的。

我看日本动画总能感动到热血沸腾或痛哭流涕,而中国的是越看越无力。-_-///

中国动画无法让人产生共鸣！看日本动画我会感觉我也是其中的一员，会跟着动画进程或激动或痛苦或悲伤，但是中国动画我就只感觉我是在看一部片子。具体怎样跟我没多大关系。这也是中国动画不成功的一个原因吧。

至于动物的问题……那个叫什么《蓝猫虹兔七侠传》（没记错名字吧-_-'）的……具体该怎么说……总之我就是看着别扭，觉得弱……那片子绝对是给小孩儿看的……而且……声优……让我说什么好……说怕伤人，不说吧……

说一个小问题：

不知道那些声优是说话就那样还是想表现得活泼一点儿。但总觉得他们就是在吱哇乱叫，一点儿都没有热闹的感觉。（整理/史维国）■

[一些莫名的事]

一条身价倍增的狗
YI TIAO SHEN JIA BEI ZENG DE GOU

　　我的朋友——善良的W,救助了一条很标准的流浪狗,你从任何方面都很难发现这条狗的额外价值。

　　W很善良,养几天就打算把这狗送给朋友,送了好多家都被退货。大家的一致评论是这狗比较适合流浪。

　　据说该狗智商高,如果主人让它不爽,它就会做出些偏激的事情——破坏家具,随地方便,翻箱倒柜……比较著名的一次是:在主人外出时打开了家里所有它能够得到的自来水开关。这件事在一定范围内造成了广泛的影响,导致W只能在更远的地方开展社会实践活动。

　　W曾经把它送到教会里,狗在那里待的时间最长。有两天左右,教会的朋友专程打车把狗送了回来。后来,我曾亲见W牵着狗在楼下新开的饭馆门口徘徊,大声地做着思想教育工作,都是些"你再怎么怎么样,我就把你如何如何"之类的家常话。

　　古今中外的动画片告诉我们一个亘古不变的真理——邪恶势力和坏分子生来就注定是被惩罚的!即使正义力量不够强大,它们也会自取灭亡!

　　终于有一天,一个房产商开着他不很辛苦赚来的悍马将该狗的一条腿当场轧折。

　　非常意外地,该房产商居然没砍价,主动赔偿了W人民币2000元。于是W带着该狗去了号称最好的宠物医院做手术,花了1800多元接上了狗

悦开眼 [一些莫名的事]

腿,打了钢钉。

按说事情可以就此打住了。可3天后,该瘸狗却突然高烧,到医院一看,原来是钢钉尺寸略长,经常在皮肉处划来划去,伤口化脓。于是打吊瓶消炎,等炎症解决再换钢钉。当天上午消费约1500元。

下午狗忽然口吐白沫,原来是对消炎药严重过敏。该医院无法解决,于是W带着狗转院,抢救、洗胃、退烧、消炎。全套业务消费3000多元。

W怒了,找打钢钉并下药的宠物医院要赔偿。人家说,不服去告,你取证困难,我们法院有人。W算了一下请个最便宜的律师也得几千元,还耽误时间,终于放弃。

狗在第二家医院继续治疗,消炎用了两周才出院,共消费5000多元。

狗继续住院重新手术换钢钉花了将近2000元。

狗出院前零零碎碎又花了几千元……

好可怜。

该狗被两个医院的大夫折腾了个够,装了拆,拆了装,天天打针吃药,该遭的罪挨个儿来了一遍,得到了应有的惩罚。

W也付出了惨重的代价,一个季度的工资无私地交给了伟大的宠物医疗机构。

从此以后,W就一直养着那狗。一次我们在公园碰见了,他说打算给那狗养老送终。并说该狗的身价至少1万元。我说,我就佩服乐观的人。

上个月听人说W家又发水了,赔了楼下邻居不少钱。

我知道,那狗的身价又涨了。

W的状态很好,很乐观。

最近很多人在炒房,互相鼓励着,互相鼓动着。只要新开的盘,不管在什么地方一开就卖光,什么房都是。

我和W喝酒的时候也聊过这个话题。

W说:

都一码事儿,砸进去了!我已经养狗了,就不炒房了。(文/周 游)

CHA SHAO FAN
叉烧饭

　　今天收到诈骗短信，说我的银行卡在天河消费9000元，要扣钱。还提供了一个查询电话查询，是8597××××。

　　本着不轻折腾一个坏人的原则，我最终决定，让大家帮我打这个电话，订叉烧饭。

悦°开眼 [一些莫名的事]

Pcc（第一次）：
我打了，叫了一个叉烧饭，他说他那里不是快餐店，是××银行信用卡中心。

轻如燕：
我打了，我说麻烦您给我来个叉烧、烧鹅饭。
对方吼着说：都说不是送餐电话喽！

凉背心：
我：喂——是××银行信用卡中心吗？
对方：是呀！请问有什么事可以帮到您？
我：请帮我定个烧鹅饭。
对方：（把电话挂了）

Prince（第一次）：
——××银行信用卡中心吗？
——是的，请问有什么事可以帮到您？
——我收到短信说我在天河城消费了9000元。
——请稍等……是的，现在我们要……
——不会是诈骗集团吧？
——哦，您误会了，我们这里是……
——那你帮我定个叉烧饭吧。
——什么？
——没什么，就是突然想吃叉烧饭！
——$%^%!%（嘟——嘟——嘟——）

Pcc（第二次）：
我又打了一次啊！
我：你们搞什么啊，订的叉烧饭怎么还不到？
对方：……（挂机）

禁色：
（打通了！）
我：请问是××银行信用卡中心吗？
对方：是的，这里是××银行信用卡中心。
我：请问你们的地址在哪里啊？
对方：越秀区赵德路（没听清楚）×号。
我：哦，那您能帮我定个叉烧饭吗？
对方：啊？
我：能不能去隔壁帮我订个叉烧饭？
（电话挂了）

Prince（第二次）：
（又打了一次）
对方：您好。
我：我刚才定了一份叉烧饭可以改成腊味饭吗？
（电话挂了）

Fsyanzi：
打通了，我说订餐，还没等我说完就挂了。

浪淘纱干洗：
刚打电话叫下午茶。
我：这里是××银行信用卡中心吗？
对方：是，您——

我：请帮我送杯奶茶加曲奇到天河区go-vern-ment，多谢。
对方：（嘟——）

Pcc（第三次）：
（我又打了！）
我：你这里是哪里啊？
对方：××银行信用卡中心。
我：哦，我这里是消协，有人投诉你们接了电话不送叉烧饭去！
对方：……

香雪：
接线员：喂？
我：请问是银行信用卡中心吗？
接线员犹豫了5秒钟后发出了声音：是的。
我：听说你们这里发钱？
接线员：发钱？发什么钱？
我：不知道啊，都在传说你们这里发钱啊。你们在哪里啊，赶紧告诉我地址。
接线员：您在哪里？
我：广州。
接线员：广州哪里？
我：他们说这儿叫天湖。还有人说你们的烧鹅饭很好吃。
接线员知道是被玩弄了，于是：您等着我们给您送钱去。
我：好啊，等你个大骗子！
同事们已笑成一片。另：此号码肯定是小灵通。

番鬼荔枝：
（拨通电话，没吭声。）
对方：喂，您好——

（还是没吭声。）

对方：您好，这里是××银行信用卡中心。

问：哪家银行？

对方：××银行。

问：申请信用卡能免费送餐不？

对方：（嘟——）

Prince（第三次）：

女：您好，这里是××银行信用卡中心。

我：您好，请帮我找一下叉烧饭！

Prince（第四次）：

女：您好。

我：嗯，我挺好的。

女：您好，我这里是××银行信用卡中心。

我：帮我找一下叉烧饭。

（女的不说话，和旁边的人嘀咕了一下，把电话给了一男的）

男：您找谁？

我：我找叉烧饭。

男：哦？你找叉烧饭有什么事吗？

我：不告诉你。

男：哦——叉烧饭不在这里干了哦。

我：他们两个都不在这里干了吗？

男：两个？

我：是啊，我朋友，一个叫叉烧，一个叫饭。

男：（他竟然笑了）是啊，他们都不在这里干了。

我：为什么？

男：反正他们就是不干了。

我：是不是你们太蠢，业绩不好，骗不到钱啊？

他就把电话挂了。

丫丫怡：
我：喂——是××银行信用卡中心吗？
对方：是呀！请问有什么事可以帮到您的？
我：我刚刚收到信息说我的卡在沃尔玛消费了9000元。咋回事呀，我都没有去过沃尔玛呀。急死我了。
对方：那请您提供你的卡号，我在电脑里帮您查一下。
我：哪个卡号呀，我卡号好多，都不知道具体哪个了。
对方：就是你的××卡号呀。
我：我××卡好多张哦，
对方：……（半天没出声）
我：小姐不好意思现在几点了？
对方：3点。
我：我还没吃中饭呢，那你帮我叫个排骨饭吧，要加辣椒酱哦。
对方：（一直没出声……过了将近30秒）说："你们这样真的很无聊知道吗？"
我：再怎么无聊也不如你们无耻吧！
对方：……（不出声）
我：（等了将近有30秒，挂机了）
我也没想好说啥，因为已经想笑了。

左手：
我打通了，是男的接的。
男：您好。
我：您好，××银行信用卡中心吗？
男：这里是××银行信用卡中心，请问有什么可以帮到您？
我：我收到个信息，说我银行卡消费了9000元，我想问问到底是什么情况。

男：您把您的账号报给我，我可以帮您查询。
我：哦，那我消费这么多有积分吗？
男：有的。
我：那能兑现吗？
男：可以兑现的，请您把账号报给我。
我：那给我兑现一盒叉烧饭吧。
男：@!#$%&^*(#$%！！！
我：要不双拼也成。
那男的挂断电话，我笑趴了。

香雪：
一义工伙伴帮着打的。
鱼：没有消费，为什么说我有消费！
对方：您的手机号和卡号？
鱼：那我重新申请一个卡可以吗？
对方：不可以。
鱼：今年周老虎很热门哦，帮我订份周老虎肉吧。
对方：我们这里没有。
鱼：那就帮我在天娱广场订个房间，贵的也成。
对方：好啊！
估计那边也做好应对措施了，不急不火。
不过我想很多人打过去总是对他们的一个警告，群众的智慧是无穷的。

流德滑：
我打了。
她：喂，您好（很温柔）。
我：你是××银行信用卡中心吗？
她：对，是的。

我：我昨天收到信息说我在天河城消费了5000元！怎么回事？

她：您在一个地方消费了，我们银行都会短信通知您的！

我：我没有去那里啊！

她：那您发您的姓名、手机号、卡号，我帮您查询一下！

我：你这是银行不？（语气突然提高）

她：我这里是，不然跟你说那么多干吗？（声音有点儿抖）

我：那好，顺便给我来个煎饼果子，加俩鸡蛋！（整理/王欣明）

编者按：

看到这种东西，备感亲切。

我们小的时候，每遇诈骗短信，总要带上纸条、透明胶，将诈骗者电话四处张贴，上写"办证"。后来我们让保安抓到校警那儿，狠训一顿，才消停了一阵儿。

再后来，我们就带一支签名笔，看哪儿有小广告，直接掏出笔来添号码，省时省力，不管你是办证、家政、性病防治、房屋中介、补课班，反正小广告也不是我们贴的，被人发现就说是扰乱诈骗市场的经济秩序，客观上也算干了点儿好事。

如今也算有点儿事业干了，时间不多，只能眼看着年轻孩子折腾着，喜欢，但也只能缅怀一下；说怀念过去的无忧无虑就酸了，但说不想才是真的矫情。

真的。

——陈思亮

BAN JIA JI
搬家记

这些年，每一次搬家几乎都是一场自我清算。得自我取舍，挑有用的拿，尽量减少搬家的负担，而舍什么和留什么是个大问题。每一次都耗神费心，实在麻烦。以前搬家还比较简单，几个箱子拉着就走，现在再搬就很复杂。这次搬家，找搬家公司用了3卡车才拉完。

桌子、沙发、茶几、床、衣柜都是必需品，得拿；3个书架、30箱书、电视机、碟机，每天要看书看电影，得拿；搜集来的石雕、汉砖，我的画架、画板、画框和画布，得拿，尽管几年没摸过画笔了；我养的那些阔叶植物得拿；电磁炉、饮水机、锅碗瓢勺得拿；报社发的榨汁机、电壶、电杯、米、油、按摩器得拿；小白杀往上海又杀往江苏，他留在我这里的十来件雕塑，得拿；东子杀往云南，留在我这里的十来幅油画得拿；老袁去北京后，留在我这里的一些物件儿得拿。

说搬一次家如同进行一场自我清算，因为你得把房子里看得见的、看不见的都收拾出来，归一下类，取舍，装箱，拉走，再重新摆放。这个过程，就是对以往积攒下来的东西，再一次过滤的过程。有用的拿，没用的扔。

以往积攒下来的报纸，这次毫不犹豫地扔了，摞起来有两米高。这些报纸上面都有我写的新闻稿，以往危机意识强，总想着万一不在报社待了，再换工作有一些资历。现在看，在报社搞得还不错，只要不触犯天条，尽心工作，安稳待到退休应该没什么问题。以往积攒下的杂志，扔。以往写的便条之类的东西，扔。小白雕了一半的泥孩儿，在我房子里趴了两年都没见长，扔。老袁画的那些艳照门一类的速写，还有他那些非常难看的日本杂志，扔。

扔到一个落满灰尘的小纸箱时，我慢了下来。纸箱用透明胶带封得很严实，我在纸箱一侧挖了个洞，手伸进去一掏，一封从国外寄给

[一些莫名的事]

老袁的信，再一掏，还是从国外寄给老袁的信，整整一纸箱全是信，信封上字迹娟秀，都是女孩儿写的。这些信让我对老袁有了一次再认识。——不但法国寄过来的多，他求偶的足迹遍布全球，连阿尔及利亚都有来信，那地方一直都不大太平。

老袁太了解我了，他把每封信全用透明胶带粘得结结实实，没办法打开一封一封欣赏。

算了，这箱信不扔了。

这个脏兮兮的小纸箱几乎就是老袁的青春期。

唉，那些灾难深重的姑娘。

扔东西时，一个钥匙挂链又让我左右为难。

挂链上是若干年前一个女朋友的照片，两人亲近时，姑娘要求我天天挂着，还不时进行检查；拜拜后，我就把挂链从钥匙上拆了下来。

扔还是不扔？

不扔，我吃过苦头。一个俱往已的女朋友，曾在我房子里见到她的前任以前写给我的信，害我指天画地解释了老半天；这次如果留下钥匙挂链，以后再找女朋友，难免成隐患。

扔，这姑娘当初对我不错啊，就这么扔进历史的垃圾堆里吗？

一个钥匙挂链让我在房子里来回走了好几圈，一咬牙——藏起来，于是塞进裤兜里。

我在这个学校家属院住了两年，这次从家属院里的一栋楼搬到另一栋。3卡车拉完，搬家公司的一个小伙子忽然扭头问：你是这个学校的退休老师吗？

我瞪大眼，退休？哦，对对，退休了。

小伙子又问：你们学校老师是50岁退休吧？

我咬牙切齿：我提前退的，40岁，40岁……

小伙子：怪不得看您有些年轻　#￥%……—*（）—

奶奶的，我在心底郑重声明：

王歪，1977年出生！！！（文/王　歪）

[一些奇妙的景]

悦°开眼 [一些奇妙的景]

DA QING JIAO TONG YIN HANG
大庆交通银行

我曾经以为只有法国人这么爱显摆。

摄影师魏峰用他的照片告诉我们:

俺们大庆人也这样。

我说:我去过大庆,没这个啊;这都够城市级景观了,人家报纸不得铆着劲儿吹啊。

魏峰一拍相机:

这就叫本事!你要能看出来,还要我们这些搞摄影的干啥?

随后魏峰把我领到银行门口,跟我说:趴这儿。

我趴这儿,抬头,3层楼高的雕像整跟7层的银行平齐。

银行窗户里时不常有人探出头来瞅——我趴在银行门口看风景,风景里的人捂着嘴看我,交通银行充实了我的见识,我充实了别人的噩梦。

魏峰双手一抱膀儿:

当时我为了采二楼窗户上那抹夕照,在这儿趴了20分钟。

悦 开眼 [一些奇妙的景]

……还是那家银行。这次是拍夜景。

半年以来的许多夜晚,常常有两个人带着相机,在大庆交通银行附近莫名地游荡。

巡警说:别晃悠了,保险库是钛合金的,你们弄不开。

周游说:警察叔叔您误会了,我叫周游,外地人,搞出版的,常年居住在北京,最近到大庆取材,要写一本书,歌颂咱们美好大庆的,我到交通银行是为了拍摄咱们大庆美好的景观。

巡警说:别跟我套词儿!这仨月,我天天晚上出勤就为盯你们,上次你还特意带个测绘的趴门口算角度,别以为我没看见!我说你们俩干不干倒是痛快点,我们警察也得上班下班,也有老婆孩子得哄,我不能天天跟你这儿耗着,你要真搞不着炸药我借你们挂小鞭儿,放完我就带你们回局子交差。

魏峰说:警察叔叔您真误会了,实话告诉您,这是我表弟,甲流晚期,您看他瘦的,要搞银行还用炸药吗,直接从门缝就能钻进去;我表弟这辈子的梦想就是写本书,再赚一屋子钱,您要真让他动手他还不敢,所以就天天来这儿晃悠,碰见人就说自己写书的,给人生留下儿点美好回忆。

巡警说:噢,原来这么回事儿啊!你早说啊——我的人生又让你们耽误了3个月!

——这个故事告诉我们,真话总是很难让人相信。(文/陈思亮)■

ZI ZHI BEI JING DI TIE ZHONG JI GUI HUA TU
自制北京地铁终极规划图

作者：陈千也，自称北京普通高中生。

制作软件：windows vista 自带画图软件。

他是这么说的。

此图为他个人原创YY之作，版权归个人所有，市政拿来照抄要付版费——当然不付他也没办法。

这张图从2009年3月开始作，至今更新30次，开始只是中心区域，后来越来越靠边，路线也更加合理，几条从中南海底下过的都删了，从昆明湖底下过的也删了，绕路的也删了，撞车的也删了；感谢一群人，分别是提建议的、搞批评的和使劲儿顶的，谁要是真能拿到市政卖个500万元，到时候他请你们吃饭。

最后提醒大家，不要当真，就算当真也要等到你的儿子辈儿。

编者按：

编的好，地铁开头直奔北大关、走河北大街、大红桥、杨村、蔡村、河西务、安平、马头、张家湾、奔通州八里桥、进北京齐化门、出北京德胜门。走清河、沙河、昌平、南口、青龙桥、康庄子、怀来、沙城、保安、下花园……

且不说这东西看废了多少北京地图，光就设计工程而言，也是件耗尽精力的事情。陈同学真是个有理想的好青年。

悦°开眼 [一些奇妙的景]

  一页是装不下了，硬要装下还得赠显微镜，算算不够赔的，所以就印了个海报，往书里一夹，您就当小页看，两只眼睛装不下就离远点，贴墙上，有我们大LOGO，您贴墙上也算帮我们做广告了。

  跟着顶。

  最新指示：都说方嘉印刷质量超级好，出版社里有人希望再次验证印刷厂的功夫，经决定大海报照印，同时放一张小图在这里。

  印厂的朋友们，看你们的了。　（文/周　游）■

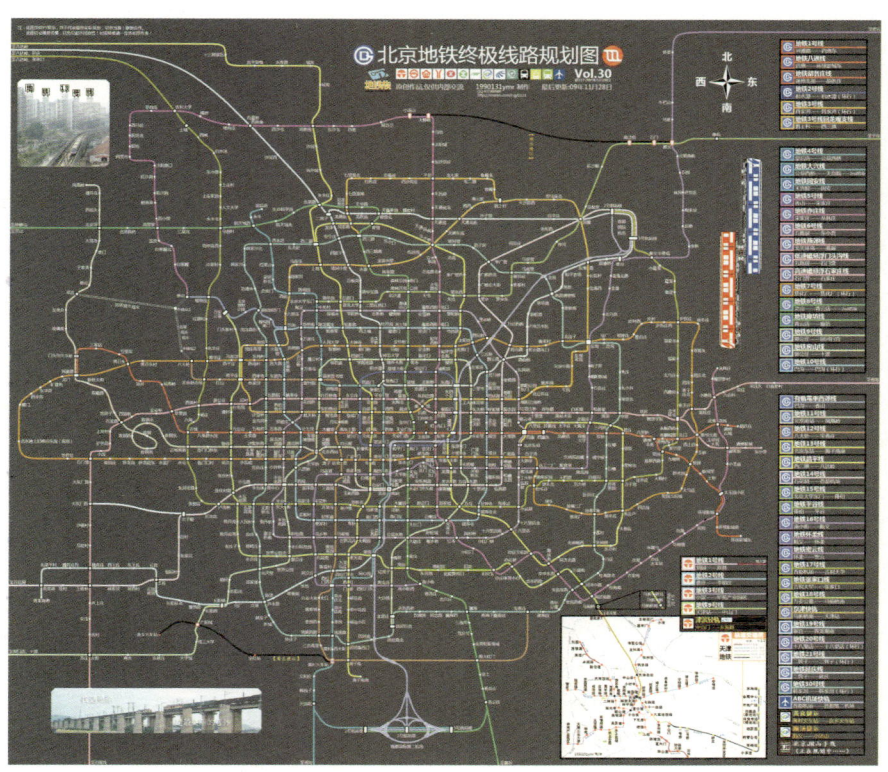

YUE · KAI KAN
悦·开侃

真正的侃爷总能滔滔不绝。
他们能让老子贪污受贿,能让司马迁娶妻生子,能让陈胜爱上吴广。
生活不只在于真实,也在于趣味,有的时候趣味比真实更加重要。
生活转瞬即逝,而侃爷是永恒的。
侃是生活的艺术,子曰:嘴大吃八方。

[引子]

■ DONG MAN DE XIAO JIE
动漫的小结

悦开侃 [引子]

动漫，就是动画和漫画，音译为卡通。

《神笔马良》已经过去了54年，《大闹天宫》也已过去46年，老点儿的中国动画，精品不少，民族风格强烈，不论木偶还是水墨，一眼就能看出中国风来，这是好的方面。

但是回忆这种东西，根本就是让人拿来摧毁的。

前几年有一个节目采访到一个老远征军，跟廖耀湘在印度打过鬼子，后来流落异乡，辗转到东南亚。成了商人。主持人说我们找到了您年轻时在农村失散的女友，要不要见见她，老华侨说不用了，这么多年了，物是人非，留个好回忆吧。

这叫人生智慧。

我年纪还小，所以总爱翻旧片，每每翻出来都想砸电脑，心里不断涌现一个声音：当初我是怎么看上它的！

确实，动画没变，但人的审美水平高了。

后来的后来，我翻一些国外片的时候，怎么都觉得可以容忍，虽然制作肯定不如当代动画精美，但竟然也有独到之处。

后来的后来的后来，我拿出搞学术的态度对比了一下中外动漫：发现国内动画基本风格就一种：舒缓淡雅。而且题材都离不开神话传说、寓言故事；而且内容低幼，超过12岁的人都不想再看第二遍；或许多年以后你会在回忆中模模糊糊地觉得当年看过那么那么好的一部动画，但不幸的是，现在有网络了，回忆任你毁，反正有物质条件。

在中国，现实主义动画估计都没有人想过。

说白了，这是一个意识问题。

因为传统意识中，根本就没拿动漫当回事儿。

或许在老一辈电影人的意识里，动漫就是比《看图说话》更高级一点点的东西。

只高级一点点。

而国外的动漫理念则先进许多，他们把动漫当做一种和电影、电视剧一样的表现体裁，内容上没有高下之分，年龄上没有长幼之别，凡是影视能做的动漫都能做，影视做不了的动漫也能做——这是动漫体裁的天然优势！

真正把动画这种优势发挥到极致的就两个国家：一个是美国，一个是日本。

美国：迪斯尼为代表的电影派；《南方公园》《辛普森一家》为代表的批判现实主义，说白了叫重口味缺德派；《加菲猫》还有美国英雄系列……甚至看着就想踹两脚的《超人》《蜘蛛侠》什么的。

日本：动漫大国，提起动漫必然绕不过日本，日本动漫的风格是真正的百花齐放。

欧洲：和中国目前的境遇差不多，主要题材放在童话上，小品级，讨人喜欢，但也仅此而已。

德国：《巴巴爸爸》。

捷克：《鼹鼠的故事》。

法国：黑白大色块风格的动画，代表作是《复活》。

英国：《天线宝宝》……

中国曾经有良好的动漫基础，从《大闹天宫》的时代看来，是世界前列的水平，毕竟50年前全世界都拿动漫当哄孩子的玩意儿，《大闹天宫》

哄得很是尽心尽力；但是不知为什么，50年间中国动漫几乎没怎么发展，直到现在，在多数人的意识中，动漫还是哄孩子的东西。

如果硬要给动画分类，大致上好看的动画片就只有3种：内涵路线、视觉路线、胡来路线。比如《超时空要塞》就属于内涵路线，《死神BLEACH》就属于视觉路线，《银魂》就属于胡来路线。

有部中国动画叫《不射之射》，开始射树叶还靠谱儿，后来就怪力乱神了，中期就可以"一箭穿过了虱子的心脏"①，后期直接拿手发箭气了。如果是《七龙珠》，你爱怎么乱来都行，直接一个气功炮毁灭地球都可以接受，因为本质就是扯淡，就看你能不能扯得花哨一点儿、美好一点儿，让人产生美的感受。但《不射之射》不同，它是拿来跟你讲哲学的，装得一副很专业的样子，讲到一半儿就变神学了。

这不像话，做风格要有始有终。

也不是说外国的动画就一定好，比如国外也产生过《大力水手》一类不靠谱儿的东西，每天的生活就是吃饭睡觉打豆豆②，奥利弗以各种形式被抓，大力水手以各种形式救援然后被打得满地找牙，然后莫名其妙地吃一罐菠菜就爆发反超，而且罐装菠菜是大力水手专用，反派人物不得染指，这就是笑话了。

所以《大力水手》无论作为英雄剧、搞笑剧还是教育小朋友吃菠菜的教育剧都不合格。记得当年看完《大力水手》，瞅见菠菜就恶心，如果这是菠菜商投资的，我只能说你投资失败了，让制作组骗了，人家把你内裤当了你还得给人家数钱。

让我们为经典的动画做一个列表吧：

《神笔马良》；
《大闹天宫》；

《喜羊羊与灰太狼》；

《米老鼠与唐老鸭》《猫和老鼠》《加菲猫和他的朋友们》；

《棒球英豪》《棋魂》；

《圣斗士星矢》《七龙珠》《北斗神拳》《死神BLEACH》《变形金刚》《忍者神龟》；

《幽游白书》《海贼王》《JOJO的奇妙冒险》《游戏王》《聪明的一休》；

《机器猫》《千与千寻》《银河铁路999》；

《阿拉蕾》《魔神英雄传》《秀逗魔导师》；

《超时空要塞MACROSS～可曾记起爱》《EVA新世纪福音战士》；

《巴巴爸爸》《鼹鼠的故事》；

《浪客剑心》与剑侠动画——好吧，还有《银魂》；

《樱桃小丸子》《蜡笔小新》；

《南方公园》《辛普森一家》；

《NANA：世界上的另一个我》。

这10多种动漫基本代表了国内接触的主流。它们也是有入选标准的，至少代表了一个类型，但还是有几种类型没能入选，比如说：

美食类：比如《将太的寿司》《妙手小厨师》等等。

黑帮类：比如《圣堂教父》《古惑仔》《鲁邦三世》。

格斗类：比如《刃牙》。

体育类：比如《足球小将》，开始还多少靠谱儿，后来就怪力乱神了。

黑暗科幻类：烂片子太多，就不一一列举了。

因为这些都还不够主流，无论如何只是猎奇之选。

其实我说的这些片子还都有一个隐藏属性——我看过。

必须得我看过，我没看过的你让我怎么评论？③

作者天大,谁都别跟我讲理,你要觉得有别的类型你自己往下续,本来我是打算留俩空白页让你自己填的,但出版社坚持说图书卖白纸不厚道,不符合行业标准,就把我的意见压了。

注:

①这种高难的行为实在难以模仿。

一是你生物满分,解剖学满分,虱子的心脏在哪儿你都能找着。

二是你怎么让那么大的箭穿过那么小的虱子,你可以说一发子弹穿过你的胸膛,但你不能说一发炮弹穿过你的胸膛——因为炮弹过来的时候你早就被炸零碎了。

②打豆豆。

有位科学家到了南极,碰到一群企鹅。他问其中一个:"你每天都干什么呀?"

那企鹅说:"吃饭睡觉打豆豆。"

他又问另一个:"你每天都干什么呀?"

那企鹅也说:"吃饭睡觉打豆豆。"

他问了很多很多的企鹅,都说:"吃饭睡觉打豆豆。"

后来,他碰到了一只小企鹅,非常可爱的样子,就问它:"小企鹅,你每天都干什么呀?"

小企鹅说:"吃饭睡觉。"

科学家一愣,随即问道:"你怎么不打豆豆?"

小企鹅说:"我就是豆豆。"

③武则天执政时,问过武三思:"朝中谁是忠臣?"

武三思说:"跟我好的都是忠臣。"

武则天说:"你这是什么话?"

武三思说:"我不认识的,怎么知道他好不好?"(文/陈思亮)

[正面例子]

马良和中国动画的第一支笔：
《神笔马良》

　　《神笔马良》诞生于1956年，不能说这是国内最好的动画片，但确实是中国最早的经典动画，那个时代漫画之神手冢治虫也才刚刚出道，《铁臂阿童木》八字还没一撇儿。

　　《神笔马良》整篇采用了木偶风格，无论光影的运用还是特效的描绘，都相当完美。

　　好汉不提当年勇，敢提一定是孬种——好吧，作为祖上也阔过的证据，特选。

　　同类二线作品：《孔雀公主》

神笔马良的蘸水钢笔（武器）

攻击力：65~80

攻击属性：穿刺

攻击特效：抹你一脸花，魅力-4

感知+2

魅力+4

说服+20

特殊效果：自动模仿庞中华钢笔字帖，让你硬笔书法少练10年。

神笔马良的另一支笔，主要用来给fans们签名。

[正面例子]

疯狂的石猴和中国动画的巅峰时刻：《大闹天宫》

《大闹天宫》是相当拿得出手的一部动画，简直是中国动画界的骄傲，它于1964年完成，距今已经有46年了。

影片色彩浓重，场面宏伟，很多场面拿到今天来看仍不觉过时；原著抓得准，又能够根据儿童的欣赏心理做改编，因此艺术风格非常独特，这也是《大闹天宫》堪称经典的主要原因。那时候没电脑，做动画全靠人力，制作班底手绘了7万多张底图，居然没有走型的；邱岳峰的配音也神气活现，让现在的动画配音听见，准得找个旮旯撞墙。

同类二线作品：《天书奇谭》。

孙悟空的虎皮短裙（腰部）
力量+10
敏捷+10
体质+10
魅力+10

这是孙悟空的另一辨认标志，唐僧手缝，作为师徒之间感情的象征，在西天路上陪伴孙悟空一起度过了无数个日日夜夜。后来……在孙悟空成佛后，这件虎皮裙和紧箍咒一起通过当铺流落到了人间，很多人无法辨认它的用途，因此它被人用来擦过鞋、刷过碗、扯过旗、泡过药酒，最后辗转流落到弓二头鸡的手中，其实它正确的用法只是挂在腰上，一围，仅此而已。

喜羊羊与中国动画的复苏：
《喜羊羊与灰太狼》

本来国产动画只有3种：

木偶、水墨线稿和垃圾。

但2008年我居然看到一部非木偶非水墨竟然也不是垃圾的动画片，这部片子叫《喜羊羊与灰太狼》，内容快乐单纯，本质上就是有字儿的《猫和老鼠》。

杰瑞哪次都不会让汤姆吃了，喜羊羊同理。没人要思考，没人要教育，甚至没人要审美，就是看喜羊羊没完没了地折腾灰太狼，玩儿呗。

我不能说这部动画是完完全全的原创，但它至少学到了优秀作品的本质，而不是浮于表面的抄袭，我并不认为这部动画可以傲立于世界优秀动画之林，但它至少为中国动画的未来打通了一条道路。作为21世纪第一个10年内中国最优秀的动画作品，放宽标准，选上吧。

同类二线作品：无。

不过值得一提的是，《没头脑与不高兴》《三个和尚》都是很好的线稿短篇，当时也引领了一个时代的动画风格，曾经让中国动画人看到过希望，但不知什么原因，最终没有坚持下来，非常可惜。

另外的另外：

《没头脑与不高兴》翻译成英文恰好就是《傲慢与偏见》。

悦°开侃 [正面例子]

喜羊羊的绒线羊毛衫（胸部）

体质+20

智力+10

魅力+3

幸运+15

在喜羊羊被灰太狼吃掉之后，喜羊羊的皮毛被缝成了一件皮袄，作为反抗者的榜样，装裱在灰太狼的城堡中，然后反抗曾经消沉过很长时间，当大家发现不反抗的后果并不更好时，就有越来越多的人想起了喜羊羊。虽然吃人的家伙总会得手，但无数人在喜羊羊的故事中发现了反抗的可能性，于是随着故事的流传，喜羊羊成为了被压迫者的英雄，它的名字将和众多象征着反抗的英雄们一样永垂不朽，成为通向自由的路标。

当然，这件绒线羊毛衫是复制品，但它仍然管用，看在我故事的份儿上就不要砍价了，你说呢？

迪斯尼和他的朋友们：
《米老鼠与唐老鸭》《猫和老鼠》《加菲猫和他的朋友们》

经典迪斯尼风格，说穿了就是闹剧，没有坏人，大家看着你争我斗，实际上还是和平共处，在"人民内部矛盾"中闹点小意见，随后不合情理地握手言和、大团圆，over。

这种风格不需要看故事，轻松下来，看细节，纯娱乐。

后来这种风格进化出了加菲猫风格。如果说唐纳只是一只有缺点的鸭子，那么加菲就是彻底一奸懒馋滑坏的肥猫，但无论如何你不会觉得它面目可憎，这个特点很像《西游记》里的猪八戒，可惜这回加菲做了主角儿，主角儿天大，明明身份是宠物，却敢对一家人呼来喝去，比主人还主人，让人羡慕得眼珠子都能掉下来，八戒的市场完全给抢了。

加菲的幸福猪肉卷儿：半斤装（消耗品）

在15秒内恢复生命3500

使用后：

    感知+5

    智力+5

    说服+30

    唬骗+30

持续20分钟

特效：有20%几率召唤小狗欧迪和家庭地位垫底的主人乔恩。

上杉达也与我们或他们的少年生活：
《棒球英豪》《棋魂》

如果说《超时空要塞》是青年剧情动画，那么这两部就是正经的少年剧情漫画。它没有炽烈的爱，没有生活的选择，没有哲学的思考，没有价值的取向。

但它拥有奋斗的轨迹、青春的汗水、淡淡的初恋，还有永远都抹不去的少年回忆。

——但是，它不是哄孩子的，孩子也看不懂。有一些感情，必须要经历过，回头来看，才会发现它的可贵。每个闲下来的时候，总会有人随着安达充的脚步，一点一点寻找逝去的少年时光。

同类的二线作品：《灌篮高手》。本来这部作品的漫画版是超一流的，但动画版实在惨不忍睹，于是忍痛列为二线。

上杉和也的纪念照片（饰品）
敏捷+25
体力+25
魅力+30
特效：对于远程伤害有20%几率完全闪避。
背面：请注意交通安全。

圣斗士与另一群超强的家伙们：
《圣斗士星矢》《七龙珠》《北斗神拳》《死神BLEACH》
《变形金刚》《忍者神龟》

　　热血战斗动画，没什么内容，说白了就是打，大家轮着放大招儿，剧情是为大招儿服务的，人物是为大招儿服务的，光影效果是为大招儿服务的——你什么都可以没有，但不能没有大招儿，大招儿就是你的价值，只要你把大招儿放好了，就不愁没市场。就像下班跑到游戏厅砸企鹅，一通发泄，砸完爱干吗干吗。

　　值得一提的是《变形金刚》。虽然表面上看起来是部机战动画，但你把主角换成人类，把能量块换成通心粉，会发现实际上没什么区别。虽然近些年有漫画家对《变形金刚》做了二次创作，通过《威震天的王者之路》等作品慢慢地发掘出它的内在价值，不过动画片早已在20世纪80年代拍完了，要补也只能补一些独立的剧场版而已。

　　如果说它的价值，那就是单纯而感性，无论视觉也好，听觉也好，就是刺激。

　　有人不爱吃辣的，就说辣味儿没深度，喜欢吃辣的都是低级趣味，这我没法反对你；如果说辣味儿应该被禁止，那我只能说你做得过分了——人和人是不同的，你得让别人活，是不？

　　二线作品：
　　这种东西没有二线，因为本来就没啥内涵，你要连唯一的优点都表现不好，那就直接被踢出市场了。比如说《超人》什么的，要啥啥没有并且连大招儿都放不明白，还看你干什么？

[正面例子]

超级赛亚人的定型发胶（消耗品）

使用效果：

力量+50

敏捷+30

体质+10

魅力+15

特效：附带闪光效果，可以在黑暗中照明，但也容易成为靶子。

老界王神曾经说过：超级什么人都是邪道。因为老界王神明白，所谓变身，只不过是拿出一管含有违禁成分的发胶胡乱抹一抹。老界王神曾经教育孙悟饭，战斗要用平常的力量，超级什么人伤身。没有人否认老界王神的说法，但超级赛亚人的理念却与老界王神明显不同。

打兴奋剂总比当场送命好——超级赛亚人都是这么说的。

JOJO和一休的智力游戏：
《幽游白书》《海贼王》《JOJO的奇妙冒险》
《游戏王》《聪明的一休》

本质上也是战斗动画，剧情好歹比上边几部多一点儿，不过也还是为战斗服务的，但和前边几部的区别是比较费脑子，战斗过程比较高端，从斗力进化到斗智，看这些作品会变聪明，而看上边那些会变傻。

并且这些作品绝对不是睡前看的，睡前看这些只会让你做噩梦。

选择智力还是单纯？这是你个人的娱乐方向，我管不着。

老实说，一休放在这些现代动画里很不搭调，但一休却确确实实是属于这一类，你说它剧情它不剧情，你说它视觉它不视觉，你说它让人感动那是你泪腺进化过度，你更不能说它现实主义，现实中一休是个被软禁的身份，你还敢让足立义满将军下不来台？前朝余孽，不宰了你算不错了；一休的核心就是斗机锋，跟人讲道理，嘴上赢了就算赢了。

二线作品：《植木的法则》等等；中国真有一部类似于一休的作品，叫《阿凡提的故事》，拍得居然还不错。

悦°开侃 [正面例子]

一休禅师的聪慧法杖（武器）

攻击力：30~35

攻击类型：钝击

智力+45

感知+24

魅力+13

特效：每天有一次机会从你脑袋里随机砸出一点儿什么，或许是一个主意，但也或许是一块骨头和两瓶药水。

所谓禅，就是懂也得说懂，不懂也得说懂，否则就会被棍子敲；所谓悟，就是找个谁都不懂的问题，再给个谁都不懂的答案；但天下总有愣头青，不懂怎么给人面子，所以禅的最高境界就是不问问题，也不要回答问题，不出手，就永远高深莫测。

装傻的一休总是聪明的，就像装疯的济颠一样。

如果多啦A梦就在我们的抽屉里：
《机器猫》《千与千寻》《银河铁路999》

  这几部是幻想动画的代表作，你不能说它是科幻，因为它一点儿逻辑的影子都见不着，想出什么来就是什么，但你绝对不会觉得它枯燥无味，因为它总是向你展示一个未知的世界，未知的世界中有无数未知的事、未知的人、未知的景色，还有美。

  银河是存在的，只是你从没有注意过他们；未来是存在的，只是你从来没有想象过它们；或许精灵们也是存在的，但你从来就不敢相信。

  这些动画没有给你任何教育，它只是在告诉你，在你琐碎的生活之外，有更广阔的世界。

多啦A梦的四次元口袋（背包）

  可以装下几乎无限多的东西，只是你在用它的时候，总是未必能找到合适的那个。

  特效：无负重背包，想塞多少塞多少，但你想取出一件东西时，总有50%几率取不出来，这个效果将会持续整整一天。

有关阿拉蕾的火爆回忆：
《阿拉蕾》《魔神英雄传》《秀逗魔导士》

同样是没有逻辑的乱写，但《阿拉蕾》的目的明显不同，一切是为搞笑而存在的。

《阿拉蕾》是无厘头的始祖，比周星驰要早10年，其代表造型是可爱的大便、话梅超人、报时猪，还有屁股长在脑袋上的尼古大王。

后来很多漫画和非漫画作品都多少承袭了《阿拉蕾》的风格，其中以《秀逗魔导士》最为著名——《秀逗魔导士》的主角莉娜·因巴斯是一个脾气火爆的红发少女。

自称：天才美少女魔导士、魔王吃剩下的。

兴趣：魔法研究、抢劫盗贼、吃。

大胃王，性格暴躁，在意别人说自己发育不良，唯利是图，擅长使用黑魔法，拥有超强破坏力，使用攻击魔法时常殃及同伴。名言："盗贼没有人权！"因此获得外号"劫贼者"、"恶龙莉娜"的称号。

莉娜·因巴斯的龙破斩——瓶装版（消耗品）

使用：对目标30码范围内形成毁灭性打击，直接造成653点火焰伤害与235点钝击伤害，并有30%的几率对选定目标一击必杀。

使用时请注意远离目标！

与平时理解的不同，瓶装的龙破斩并不很难获得，只要面对慷慨的莉娜因巴斯，说出关键词："洗衣板儿"，她会免费赠送龙破斩1-3枚，随叫随赠，从不拖欠。至于能不能把它装到瓶子里，那就看你的本事了。

林明美的歌声与凌波丽的天然呆：
《超时空要塞MACROSS～可曾记起爱》《EVA新世纪福音战士》

动漫介绍到这里，终于可以进入成人漫画了，为什么叫它成人漫画？是因为小孩子根本看不懂。它的目的不再是单纯的娱乐和哄孩子，它像电影、文学等艺术种类一样，开始进行哲学探讨与美的探讨——而动画本身仅仅是一种载体，和其他的载体并无差别。

从这里开始，动画才真正摆脱了哄孩子的窘境，而这也正是国外高水平动漫与中国动漫在意识上的本质差别，正如敲盆子吓唬野兽的人永远也想不到鼓点可以为人带来美的感受。

——在漫长的战争中，爱被遗忘，人类变得只知道杀戮和战争，但是在他们的内心，的确保留着对歌声的美好回忆，在决定互相毁灭的一刹那，仅仅是一首普通的情歌，拯救了这个世界。这种剧情荒诞吗？与其说荒诞不如说是浪漫，人类从来不曾向这个世界低头。

《EVA新世纪福音战士》则引入了更严肃的主题，直接将内容接引到《圣经》上，每一个人物都能在《圣经》中找到原型，重点并非在战斗与剧情上，而是对人物内心世界剥茧抽丝地分析，其中蕴含的东西不可胜数，无数场景都包含对《圣经》母题的复现。整篇作品风格细腻而宏伟，被称为动画界的《尤利西斯》。

另外必须说的是，国内在引进这部片子的时候，把标题改成了《天鹰战士》，各种翻译漏洞层出不穷，直接把一部哲学片砍成了低幼片，作为一个中国人，无论你把它当做耻辱也好，当做笑话也好，我都希望这种事不要再发生。

[正面例子]

碇真嗣的惶恐不安（项链）

感知+63

智力-20

魅力-17

特效：有23%的几率召唤出凌波丽，跟你一起发呆。

与巴巴爸爸有关的鼹鼠种植计划：
《巴巴爸爸》《鼹鼠的故事》

《巴巴爸爸》的风格是默片，也叫哑剧——虽然它是有对白的，但那并不重要。

《猫和老鼠》没有对白，但是它们用眼神和手势说话；《巴巴爸爸》有对白，但对白反而是用来做身体动作的陪衬。

《巴巴爸爸》的节奏舒缓优雅，用词简单，连我这个外语白痴都能听个八九不离十，如果说它是儿童片，那是没错的；但《巴巴爸爸》和国内的儿童片的区别就在于大人也爱看，而国内的儿童片，7岁觉得经典的，8岁的准骂娘。

说到底这是一个教育理念的问题——小不等于傻，单纯不等于笨，小孩子只是知识少，懂的少，要论纯智商和学习能力，一代比一代强大。

所以儿童片相对于成人片应该降低的是复杂程度，而不是智力标准，耍宝不是幽默，现眼也不是童真。

别以为人小就好糊弄，小孩眼里尤其不揉沙子。

同类动画片还有《鼹鼠的故事》。

悦开侃 [正面例子]

巴巴爸爸的圣诞礼物(腿部)

敏捷+25

智力+13

魅力+23

特效：

穿上这件短裤，你可以每分钟把手伸进去，随机掏出一样或者几样糖果，你可以放心，那的确是糖果，而不是会说话的便便之类的什么。

每当圣诞，巴巴爸爸就尾随圣诞老人，钻进每个孩子的房间里，给大家带来礼物。

有人说巴巴爸爸实际上不是送来礼物，而是被送来的礼物，因为孩子们喜欢的棉花糖就是巴巴爸爸的原型，不过那并不重要，只要能给孩子们带来欢乐，那些送来或者被送来或者礼物什么的细节，又有什么关系呢？

虽然也有人说它只是一个口袋，但总之巴巴爸爸的圣诞礼物是装在口袋里而不是装在袜子里，记住了吗？让我们再读一遍，巴巴爸爸的圣诞礼物是装在口袋里而不是装在袜子里。好吧，巴巴爸爸的嘴总是很利索的。

剑心抡刀的时候要比银桑可怕得多：
《浪客剑心》与剑侠动画——好吧，还有《银魂》

革命不是请客吃饭；
敌人不打不会自己趴下；
用刀砍人比用棒子利索。
明白这3条，大概就能明白剑侠漫画的原则——真实性、浪漫主义、价值观的思索。

所谓真实性就是砍人要见血，这部动画的分级是12岁以上，人家也考虑对少年儿童的心理影响，所以就分了级；国内考虑对少年儿童的影响，所以就砍内容，奉旨砍完了，电视台还是不让播。

背景选在了幕末，明治维新之前的倒幕战争，历史意义大概相当于辛亥革命，保守派和革命派就"开国"与"保皇"的问题谈不拢，谈不拢就打吧——于是15岁的少年剑客绯村剑心因为创造新世界的革命理想，参加了桂小五郎系的革命党，成为一名优秀的地下工作者——如果说《潜伏》里的余则成属于情报组，那剑心绝对属于行动组，主要职责是暗杀，次要职责是保护要员，就这样一直坚持到革命胜利，剑心却不想再杀人，并开始了对往日腥风血雨的反思，在日本流浪，完成自我的赎罪之旅。

经典台词：
——剑是凶器，剑术是杀人术，无论用多美丽的借口来掩饰，也无法否认这个事实。

《银魂》描述的坂田银时，明明和剑心是一样的背景，一样的杀手身份，也有一个被称为"白夜叉"的响亮称号，在10年后却变成了一个懒散

[正面例子]

大叔,经常欠着房租不给,明明血糖偏高还猛塞甜食,每天打小钢珠消遣时间,为了逃避修炼什么烂话都敢说,但是心底却坚持着一个个体的信念与德行的底线。

《银魂》是近些年来独特的喜剧动画,以日本独有的吐槽喜剧为核心,和以前的无厘头喜剧有本质的差别。

绯村剑心的十字伤(消耗品)

贴纸,纯粹装饰,不提供任何效果。

如果你非要效果的话,看在受伤的份儿上,体质-2,完毕。

两个恐怖儿童和他们的一家子：
《樱桃小丸子》《蜡笔小新》

《樱桃小丸子》和《蜡笔小新》有异曲同工之妙，被称为"死小孩儿"类型的双璧。

这种类型在世界动画史上都绝无仅有，在大多数人眼里，孩子应该是听话的、顺从的，至少你有能力随意处置他，但这两个死小鬼主意多多，想法诡异，大人见他都要绕着走，他不整你算你捡到，千万不要想有一天能控制他。

其实这两部动画表现的是孩子眼中对成年人生活的审视，这种主题已经产生了很久，但用法大多是抒发一下孩子的感慨，或者做一下对比，让大人时常良心发现一下；但这两个"死小鬼"不仅仅把审视表现在心理活动上，还直接带到了行动中，一旦你准备用武力挽回面子，两个小家伙立刻闪起星星眼做乖孩子状，把舆论压力全部留给你。

其实做小孩儿有很多方便的地方，比方说喜欢偎在漂亮阿姨怀里，这是人类的天性，但一旦长大，这种拥抱便自然地带有了色情的意味，即使你没有，对方也未必不会这么想，你和对方都不怎么想，旁观者也未必不会那么想。所谓人言如虎，时至今日仍然想被漂亮阿姨抱一抱，但那个年龄永远都回不去了。

每每看这两部片子，总是怀念那个可以胡乱撒娇的年纪。

悦°开侃 [正面例子]

蜡笔小新的抢劫提兜（副手物品）

智力+24

感知+7

魅力+18

砍价+52

说服+43

威吓+35

特效：拥有了蜡笔小新的抢劫提兜，你可以从任何店铺买到任何东西，包括从家具城买到肉，从古董店买到海鲜，从医院买到拖鞋；如果对方拒绝交付你指出的物品，他将有80%的几率陷入抓狂状态，该效果可以持续一整天。

特别说明：

提兜上写着小新的名言：什么都没有还敢开店，呼——

如果辛普森生活在科罗拉多州的南方公园:
《南方公园》《辛普森一家》

在1997年,《南方公园》横空出世,重口味的骂街,让更多人了解了美国批判现实主义动画这一分支。

虽然之前也有《辛普森一家》长盛不衰20年,但《辛普森一家》更多地使用了俚语,在生活化的环境中不温不火地带出几句批评时政的话,这种优雅的方式获得了知识分子的喜爱,但却由于太本土化,无法打动最底层的民众和对美国环境不够了解的外国观众。

而《南方公园》则通过歪曲式的摹仿来讽刺和嘲弄美国文化和社会时事的方方面面,搞笑方式凶狠恶毒,一针见血,挑战了许多根深蒂固的观念和禁忌,这种叛逆的表达方式对于正统的道德观与价值观是一个挑战,于是天天有人喊禁播,《南方公园》则天天扯大旗神侃言论自由。也正因如此,《南方公园》可以畅所欲言,不管多恶毒的讽刺,都可以堂而皇之地搬上台面。

《南方公园》无疑是在挑战动画电影尺度的极限。相比之下,那些拘泥于形式而做出的批评,不仅软弱无力,还更显出了《南方公园》作者的高明。

必须要说:虽然主角是4个小学生,人物形象也用的卡片纸风格,但你千万不要以为这是儿童片,它在美国动画分级中被定为R级,18岁以下观众必须由父母陪同才可观看。

——它骂人骂得太狠了,实在是太狠了。

[正面例子]

卡尔丹的洗脑棉帽（头部）

智力+50

感知+20

体力+10

魅力+54

唬骗+72

说服+54

威吓+89

特效：作为使用该物品的代价，每天无论大小，总要完成一次邪恶的事件。

特效：每天要抵抗一次棉帽带给你的洗脑效果，如果抵抗失败，你会变成和卡尔丹一模一样的混蛋。

当死胖子艾柯·卡尔丹发现自己的对白全部被"哔——"掉的时候，他就开始决心炸掉这家电视台，但是实施的过程中总是有什么东西在考验他的智商，有人说，如果他肯摘下他的帽子，说不定会发现点儿什么，但是他实在太爱他的帽子了。

NANA们的坚强笑容和辛酸眼泪：
《NANA：世界上的另一个我》

在日语中，NANA是"7"的读音，而数字"7"则总是象征着坎坷与波折。

矢泽爱让两个名字叫NANA的女孩儿在漫画中相遇，让她们的命运交织在一起。

小松奈奈和大崎娜娜，从性格到经历都截然不同；小松奈奈天真可爱，不通世故，在小天地里只有自己和男朋友的位置；大崎娜娜来自破碎的家庭，她性格坚强，行事果断，渴望成为一个摇滚乐手。

小松奈奈去东京见男友，在火车上，与她同座的是乐队主唱大崎娜娜。到了东京，两人分开却又在同一个公寓里相遇。虽然两个人的性格不同，但外表刚强果断的大崎娜娜与单纯可爱的小松奈奈却能在性格上相互补充，成了一见如故的好友……

这是一部爱情动画，同时也是一部友情动画，中间还夹杂着人生理想、摇滚音乐、流行品牌、生活态度等等等等。这是唯一一部能够打动我的女性漫画，它对女性心理的描写细致入微。对于我这种看过500本小说的人，只有两种人总是陌生的，这两种人分别是：女人，还有普鲁斯特。

一般的少女漫画，主题大多离不开恋爱，而且要么苍白空洞，要么审美倾向惨不忍睹，虽然有一些二线作品可看，不过让更多男性读者感觉到的，并非细腻而是琐碎，只有《NANA：世界上的另一个我》，能真正打动一个爷们儿的心灵。

二线作品：《尼罗河的女儿》《双星记》《圣传》《四月一日的奇怪事件簿》。多少有些琐碎，不过看一看也没什么损害。

悦°开侃 [正面例子]

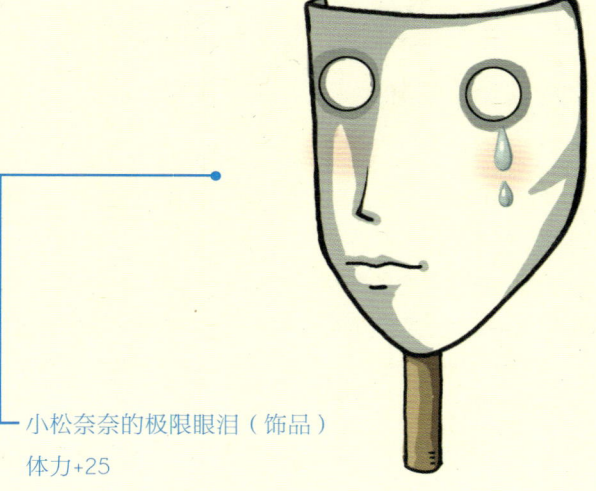

小松奈奈的极限眼泪（饰品）

体力+25

感知+14

智力-15

魅力+30

特殊效果：每天补充生理盐水两公升，保证眼泪充足，想哭就哭。

在小松奈奈的世界中，有15个词可以用来表示哭泣，而大崎娜娜只有2个。

所以娜娜经常搞不懂奈奈究竟是从哪里搞来那么多眼泪的，并且她经常怀疑其实奈奈常说的大魔王也许就是她自己，只是她自己还没察觉到。

[反面教材]

如果世界上有几个动画确实可以称为垃圾

《大力水手》

大力水手为什么会火起来，大力水手为什么会世界闻名，大力水手为什么会有人喜欢；这是困扰全世界文艺评论家的三大难题。

我很明白，看一部动画要看它的精髓，任何文艺都是；所以我没有挑拣《圣斗士》那类的大招儿片，至少人家大招儿能放得热血沸腾；我也没有挑拣《猫和老鼠》那种小型闹剧，毕竟人家确实闹腾得很欢乐。可是这个《大力水手》是个什么东西呢？

它就3个人：大力水手、奥利弗、还有那个好像叫布鲁托的；3个人各有明确的职责，大力水手负责救奥利弗，还有给菠菜做广告；奥利弗负责被抓走和喊救命；布鲁托负责抓奥利弗和被大力水手虐待——准确地说，布鲁托从来不怕大力水手，他只是每次都败给菠菜。

看到这个结构你是不是想起了什么？没错——《超级马里奥》，又译《超级玛丽》，马里奥等于大力水手、奥利弗等于碧奇公主、库巴等于布鲁托，而且库巴也从来不怕马里奥，他也只是败给蘑菇！

但《超级马里奥》好在它是玩手感、玩操作、玩关卡，人物只是配搭，剧情更是配搭的配搭，但《大力水手》却是走剧情路线——3个人的剧情，歇了吧，你又不是《色戒》。

《网球王子》

子不语怪力乱神。

就是说《网球王子》这种东西根本没法让人相信。

艺术虽然高于生活，但如此明目张胆在现代背景中违反物理规律的，我还头一次见到。

《网球王子》里的人，打的全是量子网球，网球可以划下弧线，可以同时存在于3个地点，可以超越光速——好吧，虽然实际上没超。

也有人说网球王子卖的是帅，卖的是美男，给女性看的，剧情爱咋咋地鬼才管。但是所谓网球王子，总共内容就两项，一项是网球，另一项是王子，其中网球这项上来就给抹了，那你卖动画还不如去卖画册——其实真的比画册，你也比不过小岛文美的《恶魔城》。

法国有句损话，说智力最低的动物有两种：女人和金发美女；如果说作者真把《网球王子》当女性漫画来卖，那就是把这话当真了。

《超人》《奥特曼》

这都是些什么东西？

超人无非就是把内裤穿外边，奥特曼无非就是脸上镶俩咸蛋黄儿，和各种怪兽战斗，各种荒诞不经。

荒诞不叫浪漫。

所谓浪漫要给人美的感受，哪怕低端一点儿，单纯的华丽也好，这点《圣斗士》做得就很好。而真正的荒诞剧则是在欢乐中度过无聊的时间。

那么回过头来看《超人》和《奥特曼》，它们既不华丽，也不喜剧，任何荒诞的表现都是乏味而认真的，甚至人物也缺乏必要的魅力。从这点上来看，它们还不如抡着量子球拍的网球王子们。

也有人给克拉克和超人做精神分析，并把这种东西当做《超人》的价值，对此我只能说你太闲了，说精神分析且不说比不上满坑满谷的心理书，你甚至远远比不上同为动画的《EVA》。

——美国脱口秀常说：

美国至少有四分之一的人是弱智，我估计指的就是拿《超人》当宝贝的这四分之一。（文/陈思亮）

[To be continued]

动画及其周边

真正所谓的动画产业,不仅仅是一部动画就完事的,做动画的都知道,动画赚不了什么钱,因为劳动量大,技术集中。赚钱还是要靠其他的方法圈钱——

游戏和网游

日本是游戏大国,每个孩子都有一台游戏机,不仅仅是孩子喜欢电子游戏,大人也许有两台,下班之后,开一罐啤酒,摸着手柄打游戏也是"80后"小白领的平常生活。

所以,几乎所有的流行动画在游戏机上都有一个对应版本,甚至有几个版本:《死神BLEACH》已经出了6代,代代大卖;《寒蝉鸣泣之时》第一作是游戏作品,但后来拍成了动画,直接带动游戏的销量,随着动画的推动,《寒蝉鸣泣之时》已经成为一线作品。

卡通布偶、模型(手办)

这点做得最好的是《变形金刚》,看完动画模型直接就脱销了,最后干脆免费送动画,拿动画当广告片使,直接靠模型盈利。

在20世纪80年代末,变形金刚的模型30多元钱一个,买仨一个月工资就没了,但人家就是卖得出去——这就是文化的力量!

日本有一个专门的模型专卖区,在东京秋叶原,被称为宅男圣地的地方。虽然单部动画的周边销量没有谁能比得上《变形金刚》,但是日本人真的把动画周边做成了一个产业。

配音演员(声优)

中国动画和外国动画究竟差在哪儿?
一个是观众定位上,一个就是配音演员上。
国外动画配音是相当专业的,既不拉长音,也不装嫩嗓儿,电影怎么配,动画就怎么配;而中国动画配音很多都是真傻。

不想让外国产品进入,首先要做好自己。
这是很简单的一个道理。
但是真正去做,还是要一代人去慢慢地培养。
振兴中国动画并非一朝一夕之事,如果你真有这个心,就慢慢去做,慢慢去引导,靠禁国外动画是不成的,那样不但中国动画的参考标准会降低,而且真正喜欢动画的人也再看不到真正的好东西。

其实在国内,动漫除了低幼化,还有一种宣传化的倾向。
但是呢,你有千张嘴,我有遥控器,看不起我可以不看,如果让人烦了,多少宣传都只能起到反效果。
网上有人说:看完《潜伏》,他自己就翻党史去了,也不用谁教,也不用把着耳朵磨叽。

同理，现在很多孩子对日本史的熟悉程度比中国史都高，这就是动漫的力量，也是文化的力量。

　　潜移默化的东西，你勉强不来，硬来总会适得其反。
　　觉得有意思的，不用你说观众就会去追，觉得没意思的，磨破嘴皮子也不会有人理你。

　　我们想做一部动画片，主角就是封面那只弓二头鸡。
　　不求有意义，有意思就可以了。

　　周游正在找投资，本子也开始敲打，剩下来就是制作，还有运营。
　　但是这些都需要真正懂的人，毕竟是技术工种，让我们几个侃大山是侃不出来的。
　　如果你觉得有意思，或者中国动漫应该有你一份责任，来找我们聊聊。成不成另说，聊聊总不会耽误多少时间。（文/陈思亮）■

悦°开侃 [To be continued]

[外一篇]

为年轻人申辩
WEI NIAN QING REN SHEN BIAN

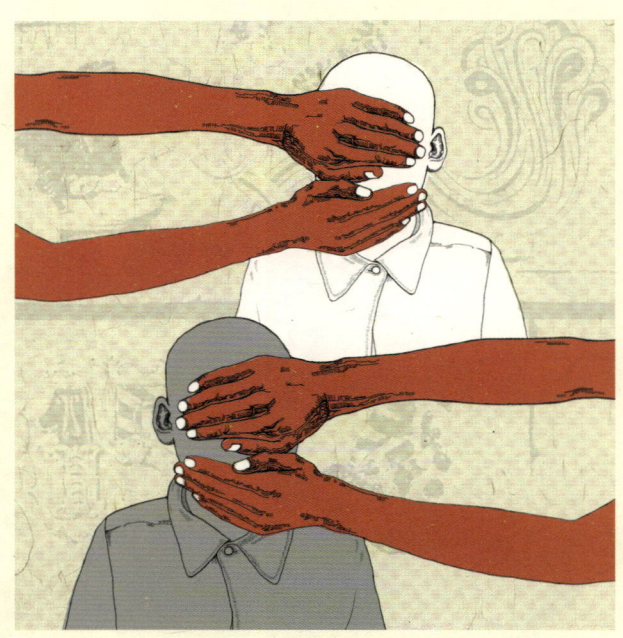

垮掉的一代

1948年,美国作家杰克·克鲁亚克自嘲地将"二战"后成长起来的年轻人称为"垮掉的一代"。

他们中很多人①认为这个世界完蛋了,用各种极端的方式,发泄对现实生活的不满。

当时的主流社会,毫不吝惜地把所有最恶毒的词汇都砸在了他们身上,这些词汇,翻译成汉语后,简洁了许多:不可救药。

今天,当这一代人渐渐淡出历史舞台的时候,他们留给美国的是历史上最为繁荣的时代。

当后来的人们重新审视他们的行为时,当年一些淹没在唾沫中的义举浮了上来:他们为同性恋权益争取自由,宣扬男女平等,捍卫黑人权益,反对年龄歧视,主张普及生态保护意识,尊重本土文化和原住居民等等。不过,很少有人注意到他们的另一项功绩:教会了自己的上一代,闭嘴。

在教会了自己上一代的同时,他们也学会了闭嘴。当校园持枪杀人案发生后,他们只会呼吁加强枪支管制,而不会去说现在的年轻人只懂得凶杀。

我想,懂得闭嘴,是这一代留给美国的最重要的美德了。

从脑残说起

骂人的称呼分3种。

第一种,是可以用来互相辱骂的,大家耳熟能详。

第二种,只有特殊人在特殊情况下才用——譬如汉奸。

第三种,本身不具备侮辱意义,但因为长期的语言环境,导致其意义改变,成为一些负面行为的代名词。譬如,小资、愤青、经济学家。

脑残这个词,常见的用法介于第一种和第三种之间。

第一种用法不需要解释。

第三种用法,则主要用来对"20世纪80年代末出生的"或"90后"中的一部分进行攻击。

追根溯源,这个词源于"脑残体",是指用生僻字,代替同音或读音、字形相近的正常汉字的输入方式。

除此之外，有以下习惯中的一种或者一种以上者，也多被称为"脑残"：

1.喜欢在拍大头贴时，通过PS加上两点腮红，并噘着嘴。或者将食指和中指张开，放在眉骨附近。

2.喜欢玩网络游戏《××团》。

3.喜欢过度装饰自己的QQ空间。

对这些人的评价，主要有以下形式：

1.中国的文字全让你们这帮垃圾给毁了。

2.中国的社会风气全让你们这帮垃圾给败坏了。

3.不适合发表的。

面对这些评论，这些被骂者并没有做出及时、有效的反击。他们称自己为"非主流"，坚持认为，他们的行为是个性的体现。

不过，相对于脑残，"非主流"这个词更难理解。

因为这些人体现个性的方式过于相似，个性变成了共性，非主流变成了主流。本想与众不同，却适得其反。

显然，基于上面的理由，那些充满了优越感的人们，就更有资格去嘲笑"非主流"们的无知和浅薄了。

但不妨看看下面这些例子：

20世纪70年代，年轻人以戴军帽为荣；80年代，年轻人烫发、穿喇叭裤；90年代，年轻人出没于室内旱冰场、Disco舞厅。

是否也是在追求个性的过程中迷失了个性，在展现自我的过程中丢掉了自我呢？

这也是"脑残"吗？

答案当然是否定的——这叫做时尚。

这告诉我们，只要是和自己相关的事，人们总能找出一个体面的词与其对应，只是这种体面，从来不会用到自己想骂的人身上。

悦开侃 [外一篇]

为了这些体面的骂别人"脑残"的先生女士们,我专门找了个和"脑残"相关的例子,希望能让他们对"脑残"这个词有个新的理解。

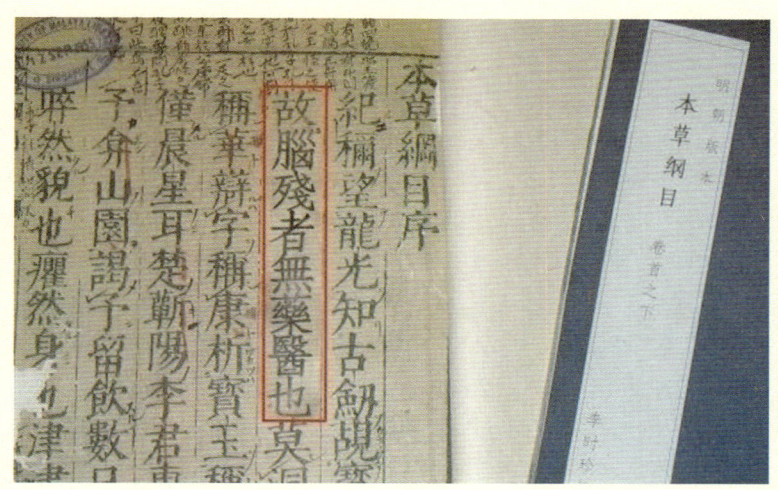

这幅图在网上相当有名。

第一次看这幅图时,颇有些怀疑:具体病症,怎么可能出现在序言的第二列?

于是,上网求证。

在数次迁怒于周杰伦[2]后,终于找到了原文:

"纪称,望龙光知古剑,觇宝气辨明珠。故萍实商羊,非天明莫洞。厥后博物称华,辨字称康,析宝玉称倚顿,亦仅仅晨星耳。"

顺便说一句,本篇序的作者,是并不伟大,但相当著名的小说家王世贞[3]。

传播它只需要1秒,但整个求证过程,我也只用了5分钟。

71

不假思索地传播谣言，而从不用自己的大脑去辨别谣言的真伪，我可不可以为这种症状取名为"功能性脑残"呢？

话语权的较量

12岁那年，我第一次抽烟。

那时，父亲抽烟抽得也很凶，就像我现在这样。

年幼的我，还没有足够的能力去思索抽烟这件事情本身代表着什么，只是想，就是决不能让父亲知道这件事。

在此后的很多年里，我一直在想，抽烟为什么不能被原谅。在我想明白这个问题之前，这个问题已经没有意义了。

除了这个问题之外，我还喜欢想诸如为什么我打了老师和老师打了我，会受到不同的待遇之类的问题。

长大了一些，开始看史书。

隋炀帝弑兄、夺权，是大大的不地道；李世民杀死兄弟，逼父亲让位，就是有魄力的行为。隋炀帝娶自己的嫂子和后妈，有违人伦；李治、李隆基和他行为差不多，就是无伤大雅的小节。

是非的标准就是这样多变。

在多变的是非背后，我读到了一条不变的守则：成王败寇。

是非的较量，不过是力量的博弈。

所以，成年人抽烟天经地义，未成年人抽烟罪不可恕；老师打学生是方法问题，学生打老师是道德问题。就如同成人追求个性是时尚，"90后"追求个性就是脑残一样。

现在，在网上搜索"80后"，你会发现，多数评价都是相当积极的，积极得让人肉麻。偶尔有些负面的评价，马上会淹没在口水当中。而仅仅在几年以前，提到"80后"这个词，首先让人想到的是

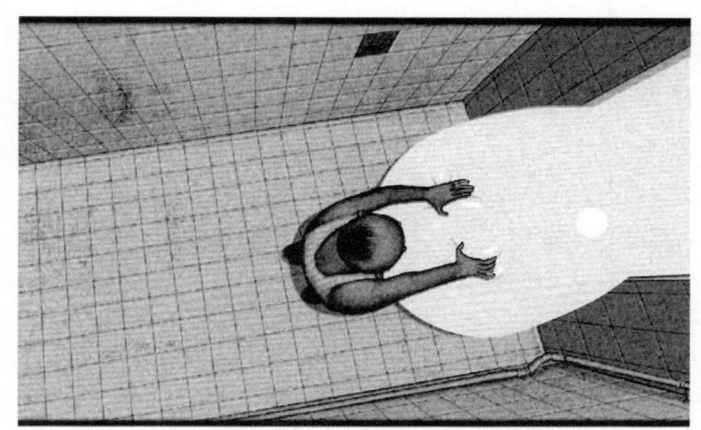

"自私冷漠"、"缺乏责任心"、"适应能力差"、"只知索取"、"拜金"、"以自我为中心"、"娇生惯养"、"缺乏创造能力"、"没有信仰"、"不能吃苦"……总之,除了孔夫子那句"老而不死是为贼",一切负面的、恶毒的词汇,都可以用来形容这一代人。而对他们的总结,就是文章开头的那句"垮掉的一代"。

是什么能在短短几年之内颠覆了"80后"在人们心中的印象呢?
是话语权。
这几年的时间里,20世纪80年代早期出生的人,已经开始工作,有了自己的经济来源,不必在被侮辱时忍气吞声,所以,他们中很多人就开始为自己正名。在几乎完全占领了网络平台后,他们同样在其他媒体中找到了立足之地。面对任何怀有恶意的指责,他们都会站出来,为自己申辩,直到得到一个公允的评价。这些人用自己手中的话语权,让他们的长辈学会了尊重,学会了平等的对话,学会了在适当的时候闭嘴——就像他们的长辈曾经做的一样。

但不幸的是,他们中很多人同样没有忘记他们长辈曾经做的一件事，那就是对更为年轻一代的讨伐。"自私冷漠"、"缺乏责任心"、"适应能力差"、"只知索取"、"拜金"、"以自我为中心"、"娇生惯养"、"缺乏创造能力"、"没有信仰"、"不能吃苦"、"缺乏贞洁观念"……原封不动地被他们砸在了"90后"的头上。

曾经被侮辱与被损害的，拾起了他们先辈的傲慢与偏见。

这在他们中很多人看来，是理所当然的。

的确，当是非成了力量的博弈时，错的永远是弱者。

"90后"，没有经济独立权，而且多数都是未成年人，无论是社会地位还是心智上，都无法与这些日趋走向成熟的青年相比，所以，任凭别人怎么贬损，他们的反击总是那么的无力。

于是，这些强者们享受着最为惬意的生活方式：同瘸子赛跑，同哑巴吵架。

难道是他们忘了自己曾经也是这样被欺凌吗？难道他们忘了自己曾经如何期盼上一代的理解吗？不，没有。他们清楚地记得那一切，所以，他们一定要从更为弱小可欺的下一代身上得到补偿。而曾经讨伐他们的人，尝到厉害以后，也变成了他们的同盟，一起去对付更无助者。

遇狮虎如羔羊者，遇羔羊必如狮虎。

——鲁迅

我不愿意想象，当这群被讨伐的孩子们长大后，是否还会像他们的父兄那样，把力量即正义、话语权即道理的逻辑贯彻下去，但又怎能期待恶之花结出善之果呢？

唯一令我安慰的是，有时候，是非也可以影响力量的大小。400年前，布鲁诺因为力量的不足而被处以火刑，而今天，他所代表的真理已经压倒曾经凌驾于他头上的力量，从而成为一种新的力量。

我期待，有一天，我们的孩子，能够获得这种力量，从而走出这样的轮回——但愿这一天来得不要太晚。

谁也别装傻，谁都不天真

在中国的文字中，一代不如一代是个永恒的话题。

读书人喜欢说"人心不古"、"世风日下"；劳动人民总是比较喜欢用比兴的手法："我年轻的时候，天气没这么热，豆子也没有这么硬。"

我不愿去和说这些话的人讨论是否真的一代不如一代，否则别人会分不清是谁脑子有问题。那些自称"70后"，长期致力于打压"80后"、"90后"的人们，因为年龄相差不大，我倒是愿意对你们说几句：

首先，据我所知，"70后"是在"80后"作为一个特殊名词出现后，才有人以之自称的一个群体。由于众所周知原因，生于20世纪70年代和长于70年代，在思想上是完全不同的两个概念，在这里我不想做太多区别，只想探讨一下，你们口口声声说"80后"、"90后"道德败坏，自己是不是就真的清白。

先说"自私冷漠"和"以自我为中心"这两条。

"自私冷漠"，我想任何人在生活中看到的都不会太少。那些在歹徒行凶时袖手旁观的看客，那些明知上司恶行却听之任之的帮闲，不管是长着青春痘的，还是满脸五线谱的，这一品质，大家人人有份。对这些人，我完全能够宽容地看待你们的不高尚，这是你们的权利。但我不能理解，你们怎么好意思把自己从这群人里剔除出去。而"以自我为中心"，这本来就不能算缺点。你们反感年轻人，那就不妨听听古人如何说："修身，齐家，治国，平天下。"

舍己为人者，如果是出于正义和理性，我钦佩他；如果是出于愚昧或者被欺骗，我同情他。但你不能要求别人以他人利益为最高利益，因为这和人性本身是相悖的。

那为什么别人的自私冷漠不被指责，偏偏把脏水往"80后"、"90后"身上泼？原因就在于，他们的另一重身份：独生子女。

"80后"、"90后"在中国各年龄段人群中，独生子女比例最高。我属于比较早的一批独生子女，据我所知，在我能理解"自私"这个词之前，这顶帽子就已经扣在了独生子女头上——对，就是你想到的那个词：原罪。

在一些人眼中，有些事情是不证自明的——譬如和自己观点不同的人就是什么什么。当然，理由还是需要罗织的，譬如，没有兄弟姐妹，所以缺乏亲情，自然会自私冷漠。我实在看不出这种分析过程有什么理性的成分。

这里还要谈谈什么是理性的分析过程。

一般来说，理性的结论分两种：合乎经验的和合乎逻辑的。如果从经验的角度上看，20世纪80年代，第一批独生子女还在上幼儿园，人格还没定型，如何得出独生子女自私的结论呢？而从逻辑上看，没有兄弟姐妹，不懂得分享，所以自私，似乎还说得过去。但也别忘了，独生子女没有兄弟姐妹，也就不会把争夺有限的资源当做生存准则。当然，你可以说他们以后会学会的，那我倒要问了，他们以后是否会学会分享？

再说"娇生惯养"、"不能吃苦"。这我只能说，生活条件好，又不是他们的错。你倒霉，掉到沟里，然后就高呼社会风气败坏，那么多人看到别人掉到沟里，也不说陪你一块儿往下跳，就忘了自己也不是故意往沟里跳的。退一万步来说，就算是故意往沟里跳的，除了能证明自己缺心眼儿，还能证明什么？

你要说我这是耍嘴皮子，那好，我说点儿正经的。《生于忧患，死于安乐》这篇文章，文采斐然，但如果看看人类整个历史，没有任何证据表明，恶劣的生存环境，会使文明或者个人得到更好的发展。古埃及文明，在早期取得了很高的成就，但之后就进入了一个相当长的停滞期，一个很重要的原因就是，当地的自然环境比起其他文明来，比较恶劣，缺乏支撑文明向更高层次发展的资源。同样，对于个人来讲，也是一样。你能举出一千个逆境成才的例子，我就能举出一千个顺境成才的例子。你举刘备，我就举曹操；你举卫青，我就举霍去病。单个人的例子没有任何意义。唯一可以确定的是，吃苦比较多的人，对吃苦会有更好的承受力。如果社会发展的目的是让人吃苦，那么能吃苦确实是一项必需的素质。如果社会发展的目的是让人过更好的生活，那么，故意吃苦或者把不能吃苦当做缺点，就只能解释为受虐欲。

还有"缺乏创造能力"、"没有信仰"、"缺乏责任心"、"拜金"。

首先我要承认的是，从普遍意义上来讲，"80后"、"90后"的确有这毛病。但问题是，其他年龄段的人就没这问题吗？缺乏责任心、拜金是大环境所致，相对来讲，低龄一些的年轻人，虽然对金钱非常喜爱，但并没有去不择手段地攫取。而缺乏创造力，是教育的问题。教育者没有创造力，扼杀创造力，又怎么能指望受教育者的创造力从天而降呢？如果说自己作孽，让别人买单算不厚道了，把责任推卸给买单者，就是无耻了。最有意思的是"没有信仰"。任何一个时代，信仰都会有细微的差别，别人和自己信仰不同就说别人缺乏信仰，未免过于霸道。

本想再揭一揭那些苛责年轻一代的人的短儿，想想还是算了。我只想说，这世界上几乎百分之百的恶行都是成人做的。你可以去想象孩子们将来学坏的样子，但不要忘了，至少现在，他们比我们干净得多。也许，成年人在做恶——至少是不为善——的时候，是不由自主的，但也请大家多一些自省，不要装得很傻很天真。每个人的眼睛都是自己和他人行为的见证，孩子们不说，并不代表他们看不到。

说了这么多难听的话，其实我还是要感谢我们的上一代或者上几代人。正是他们年轻时让他们自己长辈看着不顺眼的地方，带来了世界今天的发展。自由恋爱、抒情音乐、爱情影视剧等等，当年都是洪水猛兽，你们都勇敢地坚持了自己的选择。而今，年轻人渴望你们认同的心情，就像你们当年渴望上一代人认同的心情是一样的。每一代人，都有上一代人所无法接受，甚至忧心忡忡的地方。但世界的不断发展，证明了这种担忧的多余和可笑。

作为一个高龄青年，我希望，你们对年轻一代，能够有足够的信心，就像当初你们对自己满怀信心那样。

伪命题

10年前，我的家乡发洪水，整个城市都处于一片恐慌之中。
这种恐慌没有维持多久，因为人民子弟兵来了。
那年，他们和我一般大。
而四川汶川大地震时，同样是这些军人，挽救了无数的生命。
他们比我小10岁左右。

各种媒体，不遗余力地赞颂他们。但再多的赞颂，也不及人们亲眼目睹的那份英勇带来的震撼。

只是，媒体在赞颂他们的时候，忘记了他们另一个名字：前者叫"80后"，后者叫"90后"。

出于对同行们所剩无几的信心，我愿意善意地相信，媒体们在打压"80后"、"90后"的时候，应该不包括他们——我就不说"否则"了。

的确，在那样的时刻，没有人会想到他们的年龄，只有那身军装才是对他们最好的注解。

那么，为什么这样的逻辑，在人们打压"80后"、"90后"的时候,没有被想起呢?

我看到的是,那些个别或者不个别的现象,承载了什么意义,多数时候,也不过是考察看客们的用心罢了。学生把老师气哭的事,至少在我小时候就有,但如果被气哭的老师,不幸生在80年以后,那么,标题就变成了《"80后"班主任爱哭不成熟,"90后"学生无奈"照顾"老师》。

再探讨为什么已经是多余的了,我想说的是,每个人都有多重身份。就拿我来说,我是人,是男人,是"80后",是大学毕业生,是媒体从业者,是东北人,是北漂,但不管我做了什么,都只能代表我自己,而不是在各种意义上和我具有相同身份的人。这也正是我前面,为什么不用简洁的"他们",而去说"他们中很多人"的原因。除非别人愿意并授权,否则,谁都无权,也不能代表其他人。

我希望一些20世纪50到70年代出生的人,能尊重这个观点,出于对逻辑和人格的尊重,我不想拿周正龙、宋祖德和芙蓉姐姐举例。

同样,我不愿意再探讨1980年出生的人和1979年出生的人究竟有什么区别,或者他们和1989年出生的人是不是一代人。这对读者和我自己的智商都是一种侮辱。

为年轻人申辩

当我打出"为年轻人申辩"这几个字的时候,我却有些迟疑了。

究竟有多少年轻人想过为自己申辩?

我相信,每个曾经年轻过的人,都曾有过被长辈误解和压制的切肤之痛,但当鞭子不再抽在自己身上时,又有多少人能回忆起那时的无助和屈辱?

当我的同龄人毫不留情地把最恶毒的词汇砸向"90后"的时候，我又看到了当年那堆抛向我们的石头。

一代又一代，世界改变了，人也改变了，但这令人绝望的轮回却从没改变。

我必须承认，对于一些比我小上很多的年轻人㉓的行为，我也不喜欢，甚至有些厌恶。

但每当这时，我总会想，自己当年就真的无可挑剔吗？

我穿过开裆裤，但我并未因此成为暴露狂；我肢解过昆虫，但并未因此成为变态杀人犯。

年轻人让长辈看不惯的行为，也许只是出于幼稚或无知，也有可能是长辈们跟不上时代了。

李大钊先生曾说："一要相信青年，二要相信时间。"

幼稚终将走向成熟，而我们今天引以为豪的成熟，也终将走向衰老。他们或许有着暂时的无知和浮躁，但生活将教会他们一切，不需要我们为他们操心，就像我们不需要我们的长辈为我们操心一样。

每一只蝴蝶，都曾是丑陋的毛毛虫。当我们毫不犹豫地踩下去时，是否曾想过，你踩下去的也许就是曾经的自己？

当一些人把他们的天真当做不可救药时，真正不可救药的恰恰是这些人自己。

尽管很多人不愿意承认，但世界依然不断地向更好的方向发展着。而这种发展，就是建立在后辈对前辈不断超越的基础上的。

他们终将超越我们，终将建立一个更美好的世界。而那时，我们也将被历史抛弃。

我期待这天的来临。（文/刘一哲）■

注：
①这个词，会经常出现在这本书中，原因我先不说，看后面就知道了。
②如果你去百度搜索"本草纲目"的话，相信你的感受应该和我差不多。
③传说他还有个笔名叫兰陵笑笑生。
④严格意义上说，我还不太有资格叫别人年轻人。

YUE · KAI QIAO
悦 · 开窍

他们撬开你的脑袋,塞入各种心灵鸡汤、格言哲理,小火慢蒸50分钟,每天一杯叶绿素,让你感受充足营养。
道理得细嚼慢咽,祖宗留下的,也得与时俱进。
多想想,子曰:生命在于琢磨。

[挺格言的]

三人行，必有我师焉。
　　　　　——孔子

三人行，没有我师

毫无疑问，
世上第一个做老师的人一定没有老师。

遍地都是老师的时候，
也会有无师自通的人出现。

以上是大师。

大师当然不能随随便便泯然于众人之间。
大师在历史中，不在大街上。

人的一生非常有限，
真正能称为老师的并不多。
择师和择偶一样，必须谨慎。

要学好，
要做精英，
要向大师学习，
或者无师自通。

题外：

一些有谱系，靠谱儿的

儒家不完全谱系：
孔子：圣人（超一流大师）
孟子：亚圣（超一流大师，仅次于孔子）
……
董仲舒：（一流大师，独尊儒术的那位先生）
朱熹：（大师，不过人品有点问题）
……
近几十年人太多，不过绑在一起都抵不上朱熹一人。
不过连这帮人也都煞有介事地不随便乱往街上跑。
……
差些的是往街上跑的。

书法不完全谱系：
王羲之（神一样的男人，百世之师）
……
颜真卿（近于神的男人）
……
宋徽宗（皇帝，天才男人，有他才有宋体字）
……
八大山人（元明以来罕见的男人，和宋代名家有可比性）
……
沈尹默（20世纪像样儿的男人，和宋代普通书法家有可比性）
……
差些的同样满街上跑。

悦 开窍 [挺格言的]

一些没有谱系，不靠谱儿的

随便去个大书店，走到教辅类图书区。放眼望去，几乎所有的封面都写着"名师"。意思是告诉读者——这人可不是随便出来教课的，有名，不好搞，不是"三人行"就有的那一类。

早些年，还没乱成这样，因为搞"名师"的少。这些年搞得越来越多了，以至于泛滥成灾，也便好搞了。照此发展下去，中国满街是"名师"的日子不远矣。

你和他们学吗？

答案是：学！倘若要应付考试的话。

值得一提的是，教辅这行当永远不会出大师的。

在搞之前，选择一个水平好一点儿的，口碑好一点儿的，价格贱一点儿的。这种东西，考完之后也便没用了。

更加值得一提的是，似乎所有的学生都愿意考重点学校。"三人行"那种满大街都是的学校，已渐渐被吞并，成为一个个重点分校。真不知这些学校怎好意思挂"三人行，必有我师"的名言。

善哉。（文/周 游）

> 壁立千仞，无欲则刚。
> ——郑板桥

无欲则糠

话说北京郊区的一个原始部落，捡到一本《〈老子〉心得》，酋长看完，找个山洞隐居去了，整个部落一下乱了套，一群小孩四处跑着喊饿，还让人贩子拐了不少，几个部落首脑焦头烂额，不知未来何去何从。

大祭司说：好吧，咱们得找个人带整个部落提高生活质量啊，好吧，你，去绑几个炒股票的。

前酋长听闻，找他徒弟带了个话儿：别绑他们，别那么多欲望，人要清静无为，才不会被世俗所利用——就算绑了又怎么样，你什么时候见他们说过实话？

大祭司想想也对，于是修改命令说：那么好吧，不炒股了，我们学种粮食——你，电视调到CCTV农业频道；你，去把袁隆平绑来！

前酋长听闻，又找他徒弟带了个话儿：别太贪心，粮食种不得，有了收获的欲望就会让土地束缚，再也离不开半步。

大祭司一听也对，又修改了命令：算了，那找个人带我们打猎吧，我们随着猎物迁徙，自由自在地生活。

前酋长就找他徒弟带了个话儿：别打猎了，我们不要索取太多，应该和自然和谐共处。

大祭司火了：那还活什么啊，饿死得了！

前酋长说：来跟我绝食辟谷白日飞升吧。

那么，这就是我今天要讲的故事，它告诉我们没有欲望你就不会进步，你不进步社会就不会进步，社会不进步你就得吃草皮穿树叶，还得让现代人欺负。觉得"欲望"太难听，改成"人生目标"也行，反正本质都一样。

活生生的道理就给您撂在这儿。

至于故事，你自己选择信还是不信。（文/陈思亮）

悦 开窍 [挺格言的]

[挺哲理的]

旅行者的故事
Lü XING ZHE DE GU SHI

我为大家找到了这样一个故事:

  3个旅行者早上出门时,一个旅行者带了一把伞,另一个旅行者拿了一根拐杖,第三个旅行者什么也没有拿。
  晚上归来,拿伞的旅行者淋得浑身是水,拿拐杖的旅行者跌得满身是伤,而第三个旅行者却安然无恙。于是,前面的旅行者很纳闷儿,问第三个旅行者:"你怎会没有事呢?"

第三个旅行者没有回答,而是问拿伞的旅行者:"你为什么会淋湿而没有摔伤呢?"

拿伞的旅行者说:"当大雨来到的时候,我因为有了伞,就大胆地在雨中走,却不知怎么淋湿了;当我走在泥泞坎坷的路上时,我因为没有拐杖,所以走得非常小心,专拣平稳的地方走,所以没有摔伤。"

然后,他又问拿拐杖的旅行者:"你为什么没有淋湿而摔伤了呢?"

拿拐杖的说:"当大雨来临的时候,我因为没有带雨伞,便拣能躲雨的地方走,所以没有淋湿;当我走在泥泞坎坷的路上时,我便用拐杖拄着走,却不知为什么常常跌跤。"

第三个旅行者听后笑笑说:"这就是为什么你们拿伞的淋湿了,拿拐杖的跌伤了,而我却安然无恙的原因。当大雨来时我躲着走,当路不好时我小心地走,所以我没有淋湿也没有跌伤。你们的失误就在于你们有凭借的优势,认为有了优势便少了忧患。"

本着认真负责的精神,为确认本故事的真实性,我特地采访了考古学家孙富贵,孙富贵同志热情而坚决地肯定了本故事的真实性,并且在采访后,兴奋的孙富贵同志还饶给我另外一个惊心动魄的故事,那是一把魔剑和它的奴隶的故事:

(以下为当事人口述,由陈思亮录音并整理)

孙富贵把一段矛尖放在我面前,我仔细观察——漆黑的长矛,雕纹古朴,不知镀了什么涂层,至今没有锈蚀,而锋口处还是寒光逼人。

孙富贵:我要说的,就是关于它的故事。上个礼拜天,我跟我弟弟去洛阳考古,挖着挖着觉着土有点硬,用锹铲不动,用镐也没刨开,光硌得手生疼。我们扫开土一看,是青石板。

陈思亮:那你们事先没有探知地下有没有岩层吗?

孙富贵:没有,这倒是我们的疏忽。事先只听村民说,这里有丰富的地下水,所以我们以为土质应该比较松软,根本没想到会碰上石头。本来我们想要放弃不再挖了，可是村民们希望我们挖下去，于是就本着有始有终的原则，硬是扛了下来。

陈思亮：你们是怎么解决这个问题的呢？

孙富贵：用炸药炸，炸开之后，我们发现里边是空的，就跳下去，发现里边非常凌乱，满地的金银珠宝，门口还立着一块大碑，我用手电筒照着看，上边写的是：阿房宫秦始皇帝嬴政立。

陈思亮：呃——你确定那上边写的是阿房宫？

孙富贵：基本上可以确定，为此我还特意查阅了《新华字典》，石碑上的字形分毫不差！当时我们欣喜若狂，都乐疯了，我弟弟立马把图纸撕了——你想帮人挖口井才能赚几块钱啊！

陈思亮：……

孙富贵：……

陈思亮：……好吧，重要的是，你们挖出了阿房宫，还有这段长矛。

魔剑：你才是长矛呢！你们全家都是长矛！你们全家码起来够组个方阵的！

陈思亮：？

孙富贵：我没说！不是我！是它——

我顺着孙富贵的目光看过去，发现桌面上的矛尖正在嗡嗡作响。

魔剑：你见过这么光溜的长矛么——老子不是长矛！老子是剑！是宝剑！

陈思亮大惊，忙问孙富贵：这是什么玩意儿？

魔剑：你给我放尊重点儿！跟老子说话要用尊称！

孙富贵拦下了我的锤子说：别，别，这是一把上古魔剑，价值连城。我们找到它的时候，它正被供奉在遗址正中的一个祭坛上，祭坛下边写着大大的两个字：不杀。

陈思亮：你确定这把破剑很有价值？

孙富贵：这就是接下来我要为你讲的故事——战国末期，秦王嬴政挟排山倒海之势横扫六国,先灭韩、赵、魏、楚,眼看就要打到燕国,田光为太子丹引荐荆轲。先荆轲不为所动,然太子丹泣拜之,一而再,再而三,荆轲终不能拒。

随即荆轲用计,赚樊於期之首,携燕国地图,进献秦王。秦王大喜,命荆轲上殿展图,然而图穷匕见,荆轲执秦王之袖刺之,未中。御医夏无且以药袋投击荆轲,秦王挣脱,躲于柱后,来回奔走,直至长剑出鞘,以斩荆轲,断其左股。荆轲乃投匕首掷秦王,中柱。秦王又击荆轲,轲遍体鳞伤。荆轲自知事不能成,乃倚柱而笑,箕踞以骂:"事所以不成者,乃欲以生劫之,必得约契以报太子也。"

遂,荆轲死,秦王目眩良久。

义哉荆轲!勇哉荆轲!壮哉荆轲!

秦始皇为了纪念这次刺杀,特地把荆轲用过的断剑供奉于祭坛之上,天长日久,采日月之精华,它竟然学会了说话——知道了吧,这把剑值钱不是因为它会说话,而是因为它的主人就是荆轲!

我还没来得及发表意见,魔剑对孙富贵的辱骂已经开始了:扯淡!你说的不对!告诉你多少次了——荆轲不是我的主人!荆轲是我的奴隶!以为有老子这么好的剑帮他,他就大意了,早知道我找个别的奴隶!

陈思亮:我没听说过荆轲是谁的奴隶啊。

魔剑:废话!废话!真正的历史哪儿能让你们这些平民知道!我们去刺杀秦始皇的时候,荆轲非要潜行进去,说那么杀人方便!我说不行,太方便了会让你精神放松,就像又有雨伞又有雨衣的肯定被淋个透心凉,你得跟老子正面进去!有了精神压力,你才能砍得准。结果他竟然拽了袍子去砍,拽了袍子会让人感觉到容易下手,那么肯定是扎不中啊,你想想看,不用任何控制技能,上去一个英勇打击,秦始皇就挂了,你想想秦朝那些兵穿的跟奥特曼似的,跑上来就要半年……

陈思亮:哦,原来你就是那把破剑啊!

魔剑:什么?你都知道些什么?

陈思亮：《百家讲坛》里，我曾经听说过一则类似的故事，但故事的版本却有很大的区别。刺秦的剑客有很多个，但武功最高的却只有一个，此人为了练成绝世武功，特地找欧冶子二十六代传人打造了一把魔剑。由于魔剑是用剑客的血淬火，因此含铁量较高，并富含各种蛋白质，加上不知碰到了什么邪恶风水，这把剑竟然会骂人，尤其喜欢在大庭广众之下质疑其他佩剑者的品位。因此，这把剑每年都要替它的主人揽来上百场无谓的决斗，每一场决斗都危险至极，一不小心剑客的武功也在苦难和糟蹋中日复一日地成长。

终于秦国开始向赵国发兵，赵国堪堪不支，赵王拜请剑客刺秦，于是剑客找了一个月黑风高的夜晚潜入王宫，刺杀秦王，在潜行途中，魔剑放声大笑，坚持认为秦国侍卫的制服像奥特曼，于是刺客身形暴露，苦战未支，仓惶逃跑。剑客一怒之下，砸断魔剑，从此退隐江湖。

——此人并非荆轲，虽然没有人知道他本来的名字，但从此之后，刺客界都戏称他为残剑。

魔剑：……

孙富贵：……

陈思亮：那么你自己说，除了制造困难和耽误事之外，你还有什么用？

魔剑：……老子富有教育意义！

临别之时，孙富贵执意要把魔剑送给我当礼物，被我严辞拒绝……

习题一（单选题）

阿房宫遗址应该在现在的什么地方？

A.洛阳

B.咸阳

C.衡阳

D.西安

习题二（单选题）

秦朝的首都叫什么名字？

A.洛阳

B.咸阳

C.衡阳

D.浏阳河

习题三（单选题）

结合以上几道问题，你认为本篇叙述中，有多少处历史方面的常识性错误？

A.1处

B.2处

C.有人能比你错的更多吗

D.哪儿找去！一个你，一个孙富贵，一把破剑，仨大忽悠，全搅和乱了

E.作者能生下来就是历史的错误

习题四（写作题）

结合本文，请编造出飞雪、长空的命名来历。

要求：

形式不限、标题不限、文体不限、诗歌随便。（文/陈思亮）

[压卷之作]

梁帅　男人　射手座人　青冈人

在百度搜索输入这个名字:
出现最多的是一个残疾女童自强不息与命运抗争的故事。但这并不是此梁帅的故事。要想搜索更多信息,你需要有耐心地翻页,如果没有耐心,请增加搜索关键词。
比如:
梁帅+蓝血:
你会知道《蓝血》是一本好杂志,梁帅写了很多歌颂这个大时代背面的伟大文字。
梁帅+小说:
你会知道梁帅还是一个写小说的。

小道消息:
据梁帅的出生地的土著居民透露,梁帅是一个缅甸人,梁帅自己腼腆地承认,他的老乡经常把腼腆说成缅甸。其实,梁帅是一个纯东北爷们儿,刚刚出生不久,就免试通过了东北普通话八级考试。

我的同学王二锁
WO DE TONG XUE WANG ER SUO

许多年之前……

王二锁是我小时候的邻居，两家之间有一条街道宽的距离。

王二锁在我上小学三年级的时候，他已经上了五年级。当我上四年级的时候，他却蹲级了，又一次回到四年级，这样我们不单单是邻居，还是同学了。

我的同学王二锁，之所以叫二锁，是因为他有一个哥哥叫王一锁。一锁年长，不理我们这些没长毛的小孩儿，总是躲到他家一间小黑屋中，借着窗外微弱的光线看书。

二锁总是偷一锁的书看，无论一锁把书藏得多么隐秘，都能被二锁翻到。一锁发现书没了，就对二锁一横眼珠子，二锁就伸手从后腰处拿出一本皱皱巴巴的书还给一锁。一锁左手接过书，右手就给二锁一个耳光，骂道：再抓到你，爪子给你剁下来。二锁就灰溜溜地走了。等到一锁不在家的时候，他还去偷。

一次，二锁拿了一本《水浒传》去上厕所，蹲在茅楼儿里看了40分钟，蹲得双腿发麻，好不容易从武松打虎的故事中退出来，才发现自己上厕所没有带手纸。王二锁这个生气啊，冲着面前一个尿坑吐了口吐沫，最后，心一横，他妈的！爱咋咋地吧，谁让老子遇到特殊情况了呢。

二锁心一横就撕扯下《水浒传》的两页插图，一页上印的是高俅，一页上印的是宋江，他每当看到这两个人的时候，气就不打一处来，最后，他让这两个人给他舔屁股了。

二锁直起腰来，蹬了蹬麻木的双腿，想起了一锁那种邪恶的表情，心中的畏惧让他头脑清醒不少。不仅偷了他的书，还撕了他的书，他知道后果实在太严重了，一锁虽然不能把他送上法庭，但对他还是可以执行家法的。

那天中午我听见二锁杀猪一般的嚎叫，那声音在我家和二锁家之间的街道上飘来荡去，我听见之后，趿拉着凉鞋片子就往外跑，一直跑到二锁家的板障子前，猫着腰看见二锁手刨脚蹬地被一锁摁在他家炕沿上，二锁的大白屁股上面几道红檩子非常的醒目，一锁手中的笤帚疙瘩还在奋力抽打，每抽打一下王二锁就骂一锁一句。王一锁，你把爷爷打死算了，你打不死，我起来就整死你。啊……

打那儿之后，二锁好长时间都不理会一锁，一锁也不搭理他。兄弟俩谁也不搭理谁，倒也相安无事。

二锁的爸爸是我们城郊乡的会计，所谓城郊乡就是介于小县城和乡下之间的一片土地，会计在农村一般都是一个重要角色，主管乡上的财务支出，牛气得很，因此王二锁挎兜中永远也不缺零花钱。

二锁的爹为人正直，在乡里乡亲中口碑一向非常好。二锁爹看着一锁整天不务正业地看书，就不乐意。骂他懒，不知道干活儿。每当爹在骂一锁的时候，二锁就偷着乐，心想叫你得瑟，活该！

二锁的《水浒传》可真是没有白看，梁山好汉一百零八将的故事，他能倒背如流，尤其是那些好汉的绰号，经过二锁的大嘴巴说出来，咔吧咔吧地脆响，仿佛那些英雄们已经从遥远的古代走出来，在我家附近的大土包上插起了大旗，大碗喝酒，大口吃肉。而那些奇形怪状的英雄脸谱之中，我看到了二锁的面孔。

二锁说，他就想当一个大哥，你们就给我做兄弟吧。

我和李小雨还有小老爷子都是属羊的，有一段时间我们形影不离，一起上学放学，放学之后把书包一撇，拿着弹弓打鸟或者玩弹琉琉。我那时候穿的是土黄色的中山装，两侧的口袋里一个装满泥蛋儿，泥蛋儿是弹弓的子弹，用来打鸟。一个口袋哗哗直响的就是琉琉。

那天放学，我们3个正在弹琉琉。王二锁来了。王二锁说，你们3个给我当兄弟，我不会亏待你们的。

我认为二锁是在做梦，小老爷子和李小雨都会溜须，见王二锁发育得成熟，长得高大，就顺着二锁说话。小老爷子说，你是大哥，我就得是二哥，我比他俩都大。二锁说，好，你就是二哥。小老爷子对我说，你俩咋还不跪下拜大哥呢？李小雨说，咋拜啊！结拜兄弟不是一齐跪下，给天老爷儿磕头吗？

我说，我不想干，我得回家了。

二锁横在我的面前说，不许走。

我低着头说，为啥？

二锁说，不为啥，今天，我没有让你走，你就不能走。

小老爷子赶紧过来跟二锁说，这是干啥呢，都是好哥们儿了，大哥，别这样啊！

二锁说，你上一边待着去，没你事，别他妈的找不自在！

小老爷子用手搔了搔头发，给我一个眼色，那意思我明白，他想让我说句软话。那我能干吗？我宁可让他打趴下，也不会服软的。

那天我跟二锁干了一仗，结果我没打过他，因为他年龄比我大，长得也比我高，胳膊也比我的粗，手也比我有力气。我们摔跤的时候，他把我摁在地下了，并在我的脸上扇了两个嘴巴。

二锁把我摁倒之后，我就开始不停地骂他，我那时候骂人可花花了，这都得益于我的邻居——那些傻老娘儿们——她们是天生的语言大师，而且声音尖锐，语速奇快，我常常在晚饭后，站在大树下面，听她们讲究某人的不好。而且经常能看到或者听到，她们对自己的丈夫或孩子破口大骂。骂的内容在一个小时之内都不带重样儿的，一个小时之后，那些愤怒的声音才渐渐地消失。

王二锁被我骂得几乎说不出话来，只是挥舞着拳头，对着我的胸脯、

肋条和脑袋猛打。我蜷缩着尽可能地减少挨打的部位，双手抱着脑袋，避免王二锁的拳头碰到我的脸。

王二锁说专打你眼睛，让你和他们一样受罪。

王二锁说的他们指的是我四大爷和王树。他们一起开罗马车到伊春拉脚。回来的时候，遇到劫道的了。几个人，蒙着脸，上车啥也没问，叮咣一顿乱搋，我四大爷鼻子被打歪歪了，王树脸上也挂了彩。可笑的是他们回家，四大爷学王树被打的时候，就用手蒙着眼睛，和劫道的说，打啥也别打眼睛啊！打啥也别打眼睛啊！

王树不断地重复这句话，后来成为我们这些孩子在玩游戏的时候经常说的一句名言。同时我也从这个故事中知道一个道理，眼睛对于一个人至关重要，不要命也要保护好眼睛。

王二锁打着打着不打了，他站起来，冲着我笑了。

他说你骂人真花花，骂吧，挺好听的，你先骂，我歇会儿。

我也不骂了，我也骂累了，我不断张合的嘴巴吸进了地上的尘土，我的口腔中从来没有那么多的土，这些细小的颗粒让我的牙齿非常的不舒服。我从地上爬起来之后，不断地往地上吐唾沫。

我发现我浑身上下也都是土面儿，我用手在衣服上扑落扑落，面前就扬起一团灰尘，罩住了我的上半身，我闭着眼睛，呛得咳嗽，暂时忘记了身体上的疼痛。

这时候，王二锁把小老爷子和李小雨叫到跟前，管小老爷子叫黑旋风，管李小雨叫小李广。然后指着我管我叫宋江。

需要解释一下，小老爷子长得像黑土豆，管他叫黑旋风还是可以说得过去的。李小雨长得比较嫩，弹弓打得准，因此叫小李广也是说得过去的。为啥管我叫宋江啊，黑三郎还是及时雨都不叫，就叫宋江。二锁说，他最讨厌的人就是宋江，宋江是个小人。

那个叫安凯的女孩儿

王二锁蹲级了,他跟我们说,是因为他喜欢上了一个女孩儿。

那女孩儿叫安凯,是我们班的,还是我这个组的组长。

老师说,尹薇和安凯是这个班的两大美人儿,但尹薇的美是雕饰出来的,而安凯的美是天生的。

王二锁说他喜欢安凯的时候,我非常惊讶。因为,我根本不相信二锁这王八蛋能够有相当于我们班主任苟老师的审美能力。

我们城郊乡小学校的几间草房,在那个夏天的狂风暴雨下摇摇欲坠。在那些有雨的日子,通常是外面下大雨,我们教室里下小雨,起风的时候,房顶上会有瓦片掉下,然后屋顶上会滑过一道闪电,紧接着雷声大作,打雷的时候,安凯总是发出尖叫声,我们则在那样的大夏天被雷雨中的尖叫吓得打冷战、冒冷汗。

校长和老师们为了他们自身以及我们这些小孩儿的安全着想,决定让我们在另外几间比较安全的教室里上课,这样我们不得不在上午上完课后,下午把教室倒出来让给别的班级的同学上课,而我们就回家,该写作业的写作业,该玩的玩。

老师为了让学生回家能够多学点儿东西,就往死了留作业。

我和小老爷子以及李小雨,经常因为贪玩忘记写作业,在第二天上午被老师叫到黑板前面罚站。

小老爷子站在黑板前面对着坐着听课的同学玩鬼脸,底下的同学就哄堂大笑,老师莫名其妙地听到笑声,就问安凯,同学们笑什么。

安凯告诉老师,小老爷子做鬼脸逗他们笑。老师生气了,便拿笤帚疙瘩打我们的屁股。

为了不让老师打我们的屁股,小老爷子在王二锁那里弄来了一本算术参考书,那时候拥有算术参考书是非常奢侈的事情。我们班级也只有班主任老师才有参考书。王二锁的参考书是他哥哥留下来的。

有了这本参考书之后,我们的作业完成情况就好多了。小老爷子说,你别高兴得太早了，王二锁有个条件，他借给咱们参考书，咱们得给他写作业。这活儿你就干吧。

我说爱谁写谁写，我跟他有仇，才不给他写呢！

小老爷子说，你要是不写，参考书就不给你看。

我说，写也不能叫我一个人写，咱们3个均摊，一人写一点儿。

最后，我们3个达成了这个共识。

我拿到参考书之后，才发现参考书上面只给了运算的结果，但那些四则混合运算老师要求的是要有运算的过程。我天生聪明，想到了一个方法，让我自己都不得不佩服自己。

我的方法就是瞎蒙，中间的运算过程一律瞎蒙。然后，把参考书上的正确结果写上，这道题就算做完了。这样我的速度就大大地提高了，我拥有玩的时间就多了。我写完的时候，小老爷子和李小雨还趴在炕沿上，吭哧吭哧地运算呢。他们看着我直起腰来在地上溜达，他们就把我的作业本拿过去，开始抄我的作业，这样我们3个的作业，不，包括王二锁的作业都是结果正确，运算过程瞎蒙。

老师把检查作业的大权下放给了各个组的小组长，安凯每天早晨上课前都挨排地检查作业，看到我的作业的时候，还说你这字写得也太难看了，像老蟑爬的。然后合上作业本给我，告诉我下次把作业写得工整一点儿，就走过去了。我兴奋极了，因为她根本没有发现我们在瞎蒙，哈哈。

但是检查到王二锁作业的时候出事了。

王二锁作业有两大疑点，被安凯发现了。首先，王二锁作业本子上出现4种笔体，这4种笔体分别是我的、小老爷子和李小雨的，最后一种是王二锁自己的，这个本子上只有王二锁这3个字是他自己写上去的。其次，作业本上出现一黑一蓝两种墨水颜色。因为，做作业的时候，我用的是鸵鸟牌碳素墨水，而小老爷子和李小雨用的是蓝天牌纯蓝钢笔水。

王二锁跟安凯解释说，他作业写到一半的时候，黑颜色的钢笔水没水了就换了蓝钢笔水。安凯问他字体不一样是怎么回事，他说我用左手和右手一起写的。安凯说，我不管，你跟老师说去吧。

王二锁在第一节下课后，跟在荀老师肥大的屁股后面去了教工办公室。

　　王二锁走后我的心一直都是忐忑不安的，我不时地看一眼小老爷子和李小雨，他俩的脸色也很难看。我知道，我们都是害怕王二锁把事情的真相告诉荀老师，挨一顿笤帚疙瘩倒是没有什么问题，主要是我们以后就要把大把大把的宝贵时间用来完成无聊透顶的作业了。

　　王二锁回来之后，就在一个笔记本上写东西，也不看我们。我以为他是在给荀老师写揭发检举我们的材料呢。

　　中午放学后，我们3个在一起为此开了一个小小的讨论会议，主要议题就是王二锁会不会出卖我们。李小雨说肯定我们被出卖了，明天上课荀老师会收拾我们的，最好明天上学的时候，下身多穿点儿，在屁股上加一个纸壳最好了，荀老师笤帚疙瘩打上才不疼。

　　小老爷子说别瞎猜，我觉得王二锁不能出卖咱们，二锁人讲义气，他自己挨多少打，也不会出卖兄弟的。

　　我说，咱最好问问二锁，我看见他上课的时候写东西来着，是不是要揭发咱们啊？

　　当天下午，我们吃完饭，在一棵大树的阴影下，弹琉琉，王二锁晃晃荡荡地走来。

　　我们谁都没有先说话，最后小老爷子说，安凯小娘们儿，太可恨了，我真想揍她。

　　王二锁瞪了小老爷子一眼，小老爷子被瞪得一哆嗦。

　　王二锁说，这事情我不怪人家安凯，我就他妈怨你，我让你写，你却分摊给他们两个了，你傻啊！字儿不一样你看不出来啊。我告诉你，要不是我在荀老师面前牙咬得紧，你们3个一个也跑不了，都回家等着受活罪吧。

　　我说，真的啊！二锁你没有招供，太讲义气了。

　　王二锁说，你们以后每人写一天。把字写得板整儿的，别让人说像老蟑爬的一样。

李小雨说,那二锁,咱还得警告一下安凯,不能让她那么仔细地检查我们作业。否则,总有一天你会摊事儿的。

王二锁说,也行!

荀老师的教鞭

就这样,我们从那棵大树的阴影下走出来,在大片大片耀眼的阳光下,我眼前有些发黑,看什么东西都有些模糊,但是,我发现一个熟悉的身影,从模糊到渐渐的清晰,最后,我和他们3个说道,安凯来了!

事到临头,他们3个开始退缩了。谁也不肯到安凯面前警告她,说以后不许检查我们的作业了,或者检查也不能报告老师。

为了推选出一个人去说,我们4个人开始用手心手背的方式做出最后的抉择。我们4人围成一个圈,4个人同时出手,我发现他们3个像合计好了一样,全都是手背,只有我一个人是手心。去见安凯的重大使命就这样毫不科学地落在我脑袋上了。

安凯背着书包向我们走来,她的嫩嫩的脸蛋儿在下午的阳光下,格外明亮。但我发现,她似乎没有看见我一样,要从我身边走过去。

我站好丁字步,一只手插在裤兜中,回头瞅了眼后边杨了二正的3个家伙,他们正对我不怀好意地笑呢。我转回头的时候,要是再不对安凯打招呼,她就会从我身边跑掉。于是,我跑上前去,对安凯说,大下午的,去哪儿啊?

安凯看我跟她说话,停住了脚步,没有马上回答我的问题,先看看我身后的3个人,他们还在笑,互相说着什么。安凯问我什么事?

我说没事,想找你玩儿。

安凯说,拉倒吧,我可没时间跟你玩,我要去我叔叔家呢。

我说,其实,我想跟你说,王二锁想让你给他当媳妇儿。真的,不

What I need most?

撒谎。

安凯说，你别胡说，再胡说把你嘴撕开。

这时候，我回头瞅瞅王二锁他们，我看见小老爷子跟我竖起了大拇指，我冲他笑着点点头。

安凯要走，我扯住她的衣服说，等下，还没有说完呢。

啥事？安凯没好气地问我。

我说，是这样的，能不能以后不检查我们4个的作业，或者，你假装检查，不向老师打小报告。

安凯说，你啥意思？

我没啥意思。我说。

我回头冲李小雨喊，小雨，你过来。

李小雨跑着过来问我，啥事？

我说，你带弹弓了吧，你把树上的家雀儿射下来，给安凯。

李小雨从口袋中拿出弹弓说，我没有泥蛋儿。

我从中山装的口袋中摸出一枚琉琉，小声地对小雨说，打准点儿！

李小雨拉开弹弓，把琉琉就射出去了，然后小老爷子就往树下的壕沟中跑，不大会儿就回来了，手里拿着一个没有脑袋的家雀。

安凯一看还在流血的家雀儿，吓得一声尖叫。

小老爷子说，听说你哥安钢每天放学也走这条道儿，我们就求你这点儿事情，你看着办吧。

王二锁这时候也走过来，贼能装好人，对我们说，你们干啥呢，看把人家女孩吓的。你们都给我滚犊子，以后看你们谁欺负人，我脑袋瓜子给他削放屁了。

然后，他还跟安凯说，你放心，别听他们这些混蛋的。老师教给你的任务，权力在你手中，每天检查谁还不是你说了算，告诉你，天天检查他们的，给他们报告老师，狠劲儿收拾他们。

安凯说，我也没有办法啊，不检查老师该说我了。

王二锁说，没事了。你不是上你叔叔家吗，用不用我们护送你？

安凯说，不用了，我自己会走。

我们看着安凯扭搭扭搭地走远了,我们哈哈大笑。

果然,第二天安凯检查我们作业的时候,只是看了一眼就走过去了。

但是,在期末考试的时候,我的数学成绩只得了17分,小老爷子得了18分,李小雨比我多3分,得了20分。王二锁的分数是0分,因为他打小抄的时候被监考老师没收了考卷。我们看着试卷上满页都是红叉,真是笑得快昏过去了。

荀老师一脸严肃地走进教室,问大班长尹薇她的教鞭哪儿去了。

尹薇拿着小老爷子给荀老师做的教鞭从座位上站起来,递给荀老师。

荀老师最开始的时候用笤帚疙瘩打我们,后来她发现笤帚疙瘩打在我们身上,我们好像不疼,打在屁股上还敲起无数灰尘,起不到良好的教育作用,就开始改用木头教鞭。

有一次木头教鞭打在李小雨的屁股上之后,一声脆响,给荀老师吓了一大跳,以为给李小雨打坏了呢,但定睛一看,原来是自己的教鞭折断了。荀老师这个生气啊,就别提了。

她责令让李小雨两天内再做一个教鞭还给她,为此我和李小雨拖着受伤的屁股,爬到大树上掰下一根比较直一点儿的树枝,做成了一个新教鞭。

荀老师自此立下规矩,木头教鞭打在谁身上折断了,谁就要负责赔偿一把新的教鞭,既要求美观又要求结实。尹薇给老师拿上去的是小老爷子在一个礼拜前给老师新做的教鞭。据小老爷子说是松木的,贼结实,咋打都不带折的。

荀老师手里掐着松木教鞭,开始点名公布成绩。

安凯的数学成绩全班第一,老师给了她高度表扬,然后话锋一转,问尹薇王二锁怎么不在教室,尹薇说王二锁早上就没来,有人说他有病了,在家躺着呢。

然后荀老师点到小老爷子、李小雨我们3个的头上,我们都起立,走到讲台前面,高高地举起手中的试卷,让同学们都看清楚,卷子上用红笔写的分数和那些无数的大红叉。

然后，我们都用屁股对着全班同学，苟老师开始挥舞手中的教鞭，在我们屁股上狠劲儿地抽打，直到打累了才停。

苟老师似乎很生气，她生气的样子特别像我妈，我妈和苟老师生气的时候都打我，都气得脸红脖子粗的，都气得胸脯一起一伏的，都气得有点儿喘不上来气。

苟老师打累了，停下来喘口气儿说，你们回去吧，把你们爹妈找来，这孩子我算管不了了，现在就回去找，找来再来上课。

我们走出了教室的时候，已经合计好了，根本不能回家找家长，如果把这事情跟我爹说了，他会揍死我的；小老爷子的爹也会把小老爷子揍死的；而李小雨的爹是不会打他的，因为李小雨的爹早在几年前已经去见阎王爷了，留下他妈领着他过日子。但是，据李小雨说这事他妈也饶不了他。

那天的阳光真是好啊，这让我们抑郁的心情有所好转。

我们无所事事地在通往砖厂的小路上转悠，看见了王二锁。王二锁根本就不像有病的样儿，还问我们挨了多少板子，说他就知道今天要遭厄运，才谎称有病的。

我们在砖厂大墙边上晒太阳，聊一些有趣的事情。

我问王二锁他为啥喜欢安凯，他说安凯全班长得最好看，小老爷子说尹薇好看，尹薇更骚，他长大娶媳妇就娶尹薇这样的。为了说明安凯和尹薇谁长得好看，小老爷子和王二锁差点儿没干起来。

这时候，大墙边上走来一只小鸡，李小雨拿出弹弓，跟我说还有没有琉琉，快给我。我摸出一个琉琉给李小雨，告诉他以后记得还给我。

李小雨用弹弓把那只小鸡打翻在地，小鸡倒地后还没有马上死去，直蹬腿，弄得尘土鸡毛漫天飞扬。

王二锁上去一脚，踩在小鸡的脖子上，小鸡又蹬了几下腿，才彻底不动了。

我们看看左右没有其他人，就拎着小鸡钻进了苞米地。

王二锁说他在一本书上看到，丐帮的兄弟们都吃叫花鸡，我今天就给你们做一回叫花鸡。

我们在苞米地里把小鸡包在李小雨的衣服中才走出来。王二锁一边走一边做了一些分工，小老爷子到食杂店买些精盐，我去弄些草帘子做柴火，然后我们在砖厂的大坑边上拢了一堆篝火，准备烤鸡。

但是在接下来的程序中我们遇到了困难。因为我们没有热水，不能用热水烫掉鸡毛，也没有那么齐全的作料。这时候，小老爷子把精盐弄回来了，他看到我们为了拔掉鸡毛犯愁呢，就说，他爹说过一种烤鸡的方法，我们不妨一试。就是用黄泥把鸡身体全都糊上，放在火堆上烤，烤熟了，往地上一摔，泥巴脱落，鸡毛就被粘下来了，鸡肉松软，味道嘎嘎香。

我们最后采纳了小老爷子的建议。用了将近两个小时的时间，终于把小鸡烤好，味道确实不一般。吃完小鸡，已经是大中午了。我们就躺在砖厂的大坑边上晒太阳。

这时候，王二锁问我们几个会不会水。我们说不会。王二锁说，他能一个猛子扎到水底，在水底游到大坑的对岸。

我们都认为他在吹牛。他就把衣服脱光了，要下水。

我们都站在岸边，看着他一步步地走向水中，他一边往里走，还回头跟我们说，水不凉，都下来，洗个澡吧。

突然王二锁身子一矮，就钻进水中，很长一段时间，我们不见他的脑袋浮出水面。我开始担心。

因为我妈说过，水中有淹死鬼，都是来游泳的人装犊子，说自己会水，一猛子扎下去，就再也没有上来。这些死人的灵魂不散，聚集在水中，等待下一个死者，只有在水中抓住一个游泳人的脚脖子，把他淹死，水鬼的灵魂才能够得以超生。

我妈有句名言说，淹死的都是会水的！

我以为王二锁真的上不来了，就叫小老爷子快点喊人。小老爷子和李小雨也是着急得手足无措。就在这时候，王二锁在50米以外的对岸，他露出了小脑袋。我们这才长出了一口气。王二锁又从对岸采取狗刨式的泳姿，游回我们这里，李小雨说王二锁在水中的姿势更像一只耗子。

王二锁回到岸边,并没有马上上岸,冷不丁的用水扬我们。我们3人的衣服都被他扬湿了。王二锁说,下来吧,水不深,还热乎呢。

我们穿着湿漉漉的衣服非常的不舒服,就脱了衣服,钻进水中。我们都不会水,只能试探性地往水里走,每走一步身体都摇晃一下,像是要倒下。王二锁说你们胆子太小了,淹不着的,有我呢。

但我还是一个没注意,被脚下的稀泥滑倒在水中,一阵手忙脚乱地站起来,头发已经湿了。那天中午在水中,我开始感觉很冷,也很害怕。但渐渐的我看岸上的物体都变成了青灰色,仿佛水外的一切都在寒冷的光的照耀下变得瑟瑟发抖,而我在水中却感到温暖舒适,不愿意走出水面。我在水中好像睡着了一样,坐在大坑底下的稀泥中,听着水中生物发自身体的丝丝声响,仿佛世界的一切都与我没有任何一点儿关系。

那天晚上回家之后,妈妈问我去哪里了,我说在小老爷子家写作业。我从妈妈的口气中听到了她对我这种回答的怀疑。她走到我身边,拉起我的胳膊,然后用食指在我的胳膊上轻轻划了一道。手指划过之后,胳膊上出现一趟白道儿。妈妈便下了断言,说我一定是去大坑洗澡了。

我没有狡辩,只是说我觉得我太埋汰了,才去洗的。

我妈说,你知道那水多埋汰,那里面竟是死猫、烂狗。再说万一被淹死鬼拽走,你小命就没了。

我妈一说淹死鬼,我就一哆嗦。想想心里就一阵后怕。我跟我妈说,我以后再也不去了。

吃完晚饭,我跟我妈说,老师明天让你去学校一趟。

我妈说,小兔崽子,你又给我惹啥事了吧?

我说没有,老师就是要跟每一个学生家长都谈谈心。

我妈说,等你爸出车回来吧。我爸出车去外地了,要三四天才能回来,我就跟我妈说,不行,老师说明天就得去。

第二天,苟老师态度非常好地接见了我妈妈。语重心长地跟我妈说,这孩子哪样都好,就是贪玩,原来成绩不错的,可是这次……太让我失望了。我妈说，这孩子，你可不要给我惯着，你想打就打，打坏了不怨你，你可得给我严加管教。我和他爸一天忙得脚打后脑勺，让你费心了。后来，我妈给荀老师送了一条教鞭，专门让荀老师拿这把教鞭管束我。

我最终摆脱这把教鞭的时候，是我小学毕业那天。

我们毕业那天，荀老师特地跟我们开了一个联欢会，会上很多同学都流泪了，平时被荀老师打的比较多的同学，哭得更加厉害。我也哭。小老爷子也哭。李小雨也被同学的眼泪感染得流下了自己的眼泪。

只有一个人没有哭，他就是王二锁。小学毕业的那次联欢，他根本就没有参加，因为他没有考上初中，自此他短暂的学生生涯就这样结束了。

后学生时代的王二锁

许多年之后，王二锁成了我们城郊乡一带臭名昭著的小流氓。

自从小学毕业之后，王二锁就在社会上和一些年龄大的流氓们在一起晃荡。那些大流氓们总是让王二锁给买烟抽，王二锁也愿意给他们买烟。他们常常在小县城的电影院附近活动，趁着电影放映入场的混乱时机，把手伸向那些往电影院里挤着看电影的群众的口袋，有时候王二锁也把手伸向年轻女人的屁股，那些被拥挤的身不由己的女人，明明知道自己的屁股被别人的手掐了一下，但在混乱拥挤的现场，她们也很难分辨出是谁的手，只能向周围的人群哆声哆气地喊，耍流氓！

也有在拥挤中警惕性非常高的女人。她们有时候动作也非常灵敏，一把就能抓住王二锁的手，给王二锁扯到大门边上，削王二锁嘴巴，骂王二锁，小兔崽子，还没长毛呢吧，就开始耍流氓。

王二锁低着头也不说话，那女人等电影开演了，就不骂了。警告王二锁，下次再让老娘抓住，非整死你不可。然后走进影院，看电影去了。王二锁回头跟那些同伙们描述的时候说，那老娘儿们以为我相中她了呢。然后，他还冲地上吐了口痰。

我那时候已经在初中读书了,中学在小县城的西北角,我天天骑着自行车往返于家中和学校。小老爷子和李小雨还是跟我一个学校,但已经不在一个班了。我们3人还是早上一起出发,晚上一起回家。在车辆稀少的路段,我们3个开始飙车,我那辆二八型号的永久牌自行车总是一路领先,在拥有绝对的领先优势的情况下,我也会得意忘形,双手撒开车把,举过头顶,在微风和阳光之中,大声喊叫,招摇过市。

在放学的路上,小老爷子常说他们班的女生长得好看。

令我非常恼火的事情是原来我们小学校的两大美人,上了初中之后竟然一个都不跟我在一个班了。相反,全都被学校划归到小老爷子他们班了。

我说,安凯能排第几?

小老爷子说,安凯根本不行。在他们班排名能在第五名以后吧。

我说,那尹薇呢?

李小雨跟小老爷子说,你不是想娶尹薇当老婆吗?

小老爷子说,别提尹薇了,一想起这个骚娘儿们我就来气。她跟我班一个贼不是人的玩意儿处对象了。

我和李小雨同时惊呼,我还好悬没从二八车上掉下来。

小老爷子说尹薇和那个男生在上自习课的时候,在教室最后一排亲嘴儿。尹薇那放荡的劲儿,小老爷子说,我想掐死她。

我说,你咋知道人家亲嘴儿呢,你看见了?

小老爷子说,当然了,不看见我能说吗,我可不是那瞎白话的人。

小老爷子说他的座位在教室的中间组第三排,按道理说他是看不见人家亲嘴儿的。但是尹薇和那小子坐在右侧组的最后一排,他有时候回头看看,但是总回头瞅有些不方便,他就跟他的同桌,一个小女孩儿,借了一块儿小镜子。小老爷子上自习课时就在镜子中看到了尹薇亲嘴的画面。他总是照来照去的,同桌女孩儿就讽刺他,说他能臭美,还在班会中当着全体同学的面给小老爷子提了条意见。

我在做值日生的时候,常常能看见尹薇面色苍白地站在教学楼的走廊里，放学了还不走，似乎在等人。她穿着越来越时尚，人长得也越来越好看。等我打扫完地面之后，锁上门走出教学楼，骑着自行车回家的时候，我看见尹薇和一个男孩儿，尹薇走在前面，男孩儿跟在后面。两个人总是那么远的距离。看情况并不像小老爷子说的那样热烈。

　　我骑着自行车在傍晚的夕阳下和尹薇擦肩而过，在街的拐角处看见了王二锁。他和一群人在马路边的一个破台球桌边打台球呢。他也看见我了，向我招手叫我过去。我的自行车车闸坏了，只能用鞋底在前轮胎上一蹭，自行车停住。

　　我走到王二锁身边，才发现几个月不见，他已经比我高出一头了，更像一个成年人那样魁梧。王二锁说放学了？然后，他把手伸进我的口袋，把我身上所有的口袋翻了个底朝上，拿走了我3块钱。

　　我说，二锁，给留一块钱，晚上还要吃饭呢？

　　王二锁说，晚上去我家吃吧。不用花钱，免费。

　　我推着自行车刚要走，王二锁问了一句，安凯咋样了？

　　我说，她不跟我一个班了，她和小老爷子一个班，你问小老爷子吧。

　　我骑着自行车离开后，在回家的路上开始诅咒王二锁，叫他打台球每杆都输球。

　　许多天之后，小老爷子问我看没看见王二锁。我说他还抢我3块钱呢，我可不想再看见他。

　　但是，那天放学的时候，我还是看见他了。他叼着烟卷儿，裤腰带系得松松垮垮，大裤裆都快拖拉地面了，脚上穿了一双皮鞋。站在我们学校的门口，一看就知道不是学生，而是社会上游手好闲的小流氓。

　　这时候，我看见安凯了。我拉了一下小老爷子的手说，看那是谁，王二锁是不是在等安凯？

　　果然被我猜了个正着。安凯跟着王二锁走了。

　　那天傍晚，太阳火红。

　　我咬牙切齿发誓要杀了王二锁！

后来，我听我妈说王二锁出事了。在吃饭的时候，我妈跟我爸说，王二锁在舞厅和人打架，把人给攮了。

我爸撂下筷子，拍了我脑袋一下说，以后少跟他们来往。

吃完饭后，我马上跑到小老爷子家中，他正看动画片呢。我扒着门缝儿用千里传音的绝技，叫他出来。他似乎有一种直觉，马上感觉到了我的呼唤，跳下炕沿儿，跟我到了外面。我马上把我妈说的消息告诉了小老爷子。

我说，王二锁在舞厅把人给攮了，你知道不？

小老爷子倒是很镇静，一派平和的像个预言家一样跟我说，我以为天掉下来了呢，我早就说过，他那损样儿，早晚要蹲笆篱子。

第二天，在放学的路上，我们的自行车骑得都很慢。小老爷子说你知道吗，安凯和王二锁去舞厅跳过舞，尹薇也去了。

我说，你听谁说的？

小老爷子说是尹薇告诉他的。尹薇经常去那种地方。

王二锁攮人之后，他爹给对方赔偿了很多钱，两家就这样私了了。王二锁的爹把二锁领回家中，命令王二锁脱光了上衣，跪在冰凉的地上，然后解下自己腰间的皮带，打了王二锁一个来小时。我听到王二锁因为疼痛的呼喊，王二锁说，爹饶了我吧，下次不敢了。二锁爹说，我告诉你，再敢出去惹事，我就把你腿打折了，在家养活你。

此后的很长时间，王二锁都被禁闭在家里，哪里也不能去，他爹最怕他惹祸了。

许多年之后……

许多年以后，王二锁结婚了。

在没有结婚之前，他仍然吊儿郎当地在我们小县城的街头瞎胡混，做一些打架斗殴、偷鸡摸狗的下流勾当。他爹因为这些，经常把他关在小黑屋子中禁闭起来。但他总有办法从那里逃出来，继续在外面胡搞乱搞。

二锁18岁那年，一锁娶媳妇了。一锁在高中毕业后，作为大学漏子就在我先前就读的小学当老师。一锁不招灾、不惹祸，最让他爹放心。

等到一锁娶媳妇那天，一锁爹心都乐开了花。

但是那天一锁爹还是喝多了，喝着喝着就喝多了，还哭了。邻居和亲戚们都劝他说，大喜的日子，哭啥！一锁爹鼻涕拉瞎地说，二锁这王八蛋儿要是像一锁这样省心该多好啊。

人们都知道，二锁是他爹的一块心病。

二锁没能参加他哥哥的婚礼，因为一个月前，在小县城两派势力火并当中，他打死了六哥的手下兄弟小武，现在六哥正满世界找他呢，并扬言说，找到他就整死他给兄弟报仇。

二锁那天晚上杀红了眼，抓住小武后，就猛捅三十几刀。后来他听说小武死了，这才慌了神儿，连夜出逃，现在逃到什么地方了谁也不知道。

二锁的爹一想到二锁心就堵得慌。有时候想，这小子早晚得死在人家手上，还不如我把他整死算了。但是毕竟是自己的骨肉啊，以前每一鞭子下去，他的心比承受鞭笞的二锁还要疼啊。我常常看到他一个人走在我家门前的街道上，他已经驼背了，脸上的皱纹让他更加苍老。他已经没有力气再挥动皮鞭，打不动他家王二锁了。

几个月后，二锁在一个月黑之夜带了个女的回到了家中。

父亲坐在一把木头椅子上抽烟。

二锁没跟他父亲说话。倒是父亲先开口了。

这不是你的家，你还回来干吗？

二锁说，这回我哪里也不去了，就在家待着，我还领回一个媳妇呢，快叫爹。

那女的唯唯诺诺，小声喊爹。

二锁爹说，你给我滚，滚得远远的。

二锁说，爹，人家第一次上咱家来，你咋这么说话呢。

二锁说，爹，她可是真心来跟我过日子来的。

二锁爹说，姑娘，你走吧，我们家二锁配不上你。

二锁看见爹哭了。

二锁说，爹，你都这么大岁数了，咋还哭呢，让人看见丢不丢人啊！

二锁爹说，我这一辈子，人都让你给我丢尽了，我还丢啥？

二锁说，好了，我不跟你磨叽了。我要睡觉了。

  王二锁在流亡的日子里，去了一个很远的地方。六哥找了大半个中国也没有找到他，后来六哥说，王二锁回来就饶了他，还打算让二锁给他做贴身保镖。

  二锁在小县城的一个小哥们儿把这事儿告诉了二锁。那哥们儿说小武是个孤儿，从小就跟六哥混。小武没有家人，所以他死了六哥要是不追究，就没人管这事了。

  二锁心里开始犯嘀咕，心想六哥手下人多势众，他要是回去，六哥嘴一歪歪，他就没命了。

  后来二锁给六哥打了个电话，六哥说，我范老六，放屁都是个钉儿，你回来吧，以前的事，完了！

  二锁回到小县城，跪在六哥的面前，六哥说，这样就把你饶了，其他兄弟意见该大了。

  二锁明白六哥的意思。

  二锁在大腿上扎了两刀。但都不深。

  六哥说，二锁，你这是干啥？我说过了，以前的事儿，完了。

  王二锁结婚的那天，六哥也去了，作为证婚人，六哥满面春风。但二锁的爹，坐在堂前，始终没有乐模样。

  我妈回来说，二锁结婚了。我心里咯噔一下，还以为王二锁跟安凯结婚了呢。但据我妈说，二锁的媳妇长得不太好看，据说以前还在歌厅当过小姐。

  我就琢磨安凯不能嫁给王二锁吗？当时安凯和王二锁进舞厅跳舞，肯定是迫不得已。但小老爷子却说，安凯骨子里就是个骚货，她最愿意和小流氓们在一起混了。

小老爷子说这话的时候，已经在小县城卖元宵了。他高中没有考上，却和他爹学了一手做元宵的绝活儿。他喜欢的尹薇考取了省城的一所艺校，学唱二人转去了。小老爷子说他们初中毕业后就再也没有联系。而李小雨在我高中一年级的时候，她妈妈跟一个河北男人去了河北的一个县城。他也跟着走了，后来有消息说，他在河北开了一家酒厂，我猜想他每天一定红光满面，浑身散发着酒气。但事实上，卖酒的人一般都不喝自己酿的酒。

我那时候，正在复习高考，我妈希望我能上大学。并告诉我，只有上大学才能出人头地，才能走出贫困的阴影，才能受人尊敬。我妈常说，万般皆下品，唯有读书高。

我最终考上了省属的一所大学。但我并不是很高兴。

暑假回家的时候，我听说了一件惊人的消息。

王二锁，死了。

王二锁死在他父亲的手下，是那双瘦骨嶙峋的手，把王二锁掐死的。

我妈说，王二锁结婚后，总不在家，他媳妇倒是好好在家，伺候公爹公婆，和一锁媳妇妯娌之间关系也和睦。完全不是当过小姐的样子，给乡里乡亲留下了好的印象。

王二锁偶尔回到家中，一回来就喝酒，喝得醉醺醺的，开始打媳妇。

王二锁把媳妇关在屋子中，脱光了衣服，绑上，拿烟头烫女人的大腿。

我妈常常能听见王二锁媳妇的哭声，尤其在大半夜，夜深人静，声音很真切。

二锁爹不服老，还想用武力解决问题。但被王二锁推了个腚蹲儿，老爷子在地上抹眼泪，说不活了，趁二锁不注意就又冲上去，使出全身力气，把王二锁摁倒，双手卡住王二锁的喉咙不放。

就这样，王二锁被他爹活活掐死了。

老人瘫软在地上，撕心裂肺地呼唤他的儿子。

王二锁的娘哭得说不出话来，一直用拳头捶打老头儿的肩膀。

老头儿换了一件干净衣服，在天亮的时候，投案自首去了。

在一个傍晚，我到小县城溜达。我的头发太长了，已经能披散到肩膀头上了，像个艺术家那样。这个发型我梳了四五年了，时至今天，让我讨厌至极。那天晚上我突然想把它剪掉，我就走进了一家理发店，我进去的时候，竟然见到了安凯。安凯浓妆艳抹，一副对待所有顾客都那般热情的面孔，这让我知道，她早已忘记我了。

我提醒她，我们曾经是同学的。

她恍然大悟，面孔变得有些不太自然。

她跟我说，看，都戴眼镜了，肯定已经上大学了吧！

她还说，头发这么长，留了好几年了吧，剪掉怪可惜的！

我说，我们大概有七八年没有见面了吧。你当年可是咱们班男生的梦中情人啊，不过，你现在变得更加漂亮了。

她笑了说，别拿我开玩笑了。我都是孩子她妈了。

安凯说，她初中毕业后，就跟姐姐学理发美容，3年前嫁给了小县城法院的一个书记员。

安凯的手艺还真不错，理完头发，我感觉脑袋轻快不少。

临走时，我给她钱，她说啥也不要。还说，以后想剪头就来吧。

趁安凯开门倒水的空儿，我把5块钱压在她的化妆盒下面了。

我开门和她道别的时候，突然想起一件事情。

我问安凯，王二锁死了，你知道吗？

安凯一皱眉，轻声说了句，知道了。

我哦了一声，把门关上。

我看见安凯转过身去，好像还哭了。（文/梁　帅）

YUE · ZUI HOU JI YE
悦·最后几页

兴致勃勃的表达不适合戛然而止。
因此我们安排了最后几页。
谁说做图书的就不能返场?

[两个特别说明]

什么是吟游诗人

有读者问上本书说的吟游诗人是什么？

你肯定不玩游戏，玩也就玩点儿马里奥什么的。

这个职业一般西方奇幻游戏里都有，属于万事通类型。

一般吟游诗人是跟随冒险团队，对英雄故事记录、传播；他们写故事，自己也唱。

吟游诗人不唱素的，一般都是带乐器，边谈边唱，一般曼陀铃较多，我想应该是吉他那一类；总不能是小提琴，提琴多把弓，拎着费劲。吟游诗人中国也有，弹弦子唱大鼓，流派一大堆，一派一个味儿，分京韵、西河、京东、梅花等等等等。

你们喜不喜欢这东西我不知道，反正我是爱听，打着大鼓唱故事，有味儿。

我说周游你不是打鼓的吗？黄恺会弹弦子，来一段呗？

周游说我们打鼓不带嘴，黄恺说我那叫贝斯。

于是，我组建一个曲艺团的梦想破灭了。他们俩跑出去组建了个摇滚乐队。

玩儿去吧，反正他们都是外行，反正葡萄都是酸的。

悦 最后几页　[两个特别说明]

本期，我们请到了《说事》杂志的刘一哲，当特约嘉宾。

所谓特约嘉宾就是暂时不知道怎么安排，哪儿用就在哪儿先放着，名分先挂着，但事儿不比我们干的少。

刘一哲，男，和我高中同学，智商145，凡事不认输，艺术细胞匮乏，特征：路痴，半年找不着家，最喜欢深更半夜敲别人家门。自从刘一哲搬入太玉园小区，门口防骗防盗的告示明显增多，尤其提醒广大住户半夜不要给陌生人开门。

最近刘一哲尤其绕不回来，我问他为啥，他说恍惚，我问他为啥恍惚，他说有女朋友都恍惚。我问周游是这么回事吗，周游说：你们聊，我先走了。

总有一天刘一哲要搬出去住，有女朋友的人了，总不能和另一个大老爷们儿厮混一辈子。

据传他女朋友也是路痴，所以我劝他不要买房。

我怕他们几年绕不回来，房子让人当无主儿的充了公。

让人操心。

另外周游打算建立一个书刊评审委员会，打算在组稿前就放几篇出去，问问意见。

目前划定范围是青年读者、发行部门，还有书店终端销售人员。

那两边周游联系好了，青年读者这儿不知道有没有人报名。有报名的请寄信到编辑部。

此致，没事了。（文/陈思亮）■

[两个特别说明]

■ 手机被偷后的某种解决方案

手机被偷了？有个办法让小偷也用不了。

查看手机的序列号，只需键入*#06#，15位序列号会出现在手机屏幕上，全世界的每一部手机都有一个独一无二的序列号，把这个序列号记录下来并保存好。有一天如果你的手机被偷了，打电话给手机提供商，并提供你的手机序列号，他们会帮你把手机屏蔽，这样即使小偷换了SIM卡，仍然无法使用，你的手机对小偷来说变得一无是处。

如果全世界每个手机持有者都这么做，那么偷手机就没有意义了。在澳洲，警方甚至建立了一个被盗手机数据库，如果你的手机被找到了，就可以归还给你了。

附送一个用手机敦促好友张二狗减肥的好说辞：
二狗，闪闪，你挡我的手机信号了。（文/史维国）■

[最后一扯]

关于几个作者的闲杂事

我住太玉园,靠边儿,后边就是大片荒地,本指望春天一到,蛙声阵阵,绿草如茵;可打眼一望全是坑,偶尔从小面包车里蹦出几个村民,抡镐就刨,起初我以为是保护耕地,深挖深翻,后来才知道是挖宝贝,赚零花钱。

太玉园,学名张湾镇村,紧邻萧太后河,以前是漕运码头、中转站,早年间无比繁荣;传说曹雪芹家在这里开过当铺,30年前还挖出块碑,上写曹雪芹之墓。

我问周游这都靠谱儿吗,周游说靠谱儿,还说他在去邮局的路上,亲眼看到有人挖出一块翡翠,盘子那么大,应该不是玻璃的。后来周游就琢磨,靠山吃山,靠水吃水,依着石油灌石油,在雪芹家旧址盖小区,咱得文化。

周游的本事在于把一群本来不认识的人捏在一起,为了同一个理想,同一个目标,同一堆利益,不远万里,捏。

被周游拉拢的有:村长、村支书、村建设总经理、曹雪芹。

雪芹脾气大。

人有本事脾气都大。脾气大就容易撅人，撅了人大家都不舒服。

所以议事的时候，我们给雪芹竖了个牌位，有事先问他，他不说话我们再说；最终总结让他拍板，他不说话就是默认了。

末了，雪芹还归村长管。

不会说话的都归村长管。

会上周游慷慨陈词：咱们现在也是有场子的人了，售楼处那么大，改成一个大艺术馆，泛太玉园地区独一份儿。沾上曹雪芹，就叫雪芹故里，别说游客，光红学家就够你每年吃的。黄恺有画，往上挂，有朋友的画也挂，传统水墨、工笔、小鸡吃米图也都往上挂，管他卖不卖得出去先挂着；村长书法不错，拿作品来，挂！咱杜萌若老师，书法博士，拿字儿来，挂！有人买就卖，没人买就当陶冶情操。太玉园地区挖出来的宝贝，摆个展柜，防盗的，一摞一摞往上码；左边展厅当书店，右边休闲书吧带快餐，楼上直接搞出版；再雇二三十人西装革履进进出出，显着繁荣。

周游：我们的目标是——

村长、村支书、村建设总经理：超越宋庄！

其中雪芹牌位倒了一次，我们就当他在鼓掌。

我在旁边听得一愣一愣的，我真不知道周游还有这本事，会后周游意气风发，踌躇满志；黄恺跟我说：看见没，你还得学！写东西能有多大作为，以后团队做大了，还得学管理，能养活一票人，那才叫本事。

后来我想，人这东西各有所长。

我的本事在于但凡可推的活儿全能推出去。

我还是想当作家。

想几百年后有人掏出我的牌位商量事儿。（文/陈思亮）

[返场再来]

拨

一

    拨的意思就是说，书看完了，该拨拉到一边去了。作者得写点东西，告诉你这书扔哪儿不污染环境。开始都用手扔的，后来书越出越烂，就改成用脚踢了。作为作者之一，我觉得这本书还没烂到用脚踢的程度，就用了这个拨，希望你们扔书的时候用手扔，准点儿，别砸到人。

    关于这个"拨"，要是记得先生教的和这解释不一样，就以先生教的为准，我说的甭信，就图一乐儿。

二

这本书最后还是出来了,周游说的对,落雷也不会先劈我。

不过这里还要重复提醒:书里的话,信不信由你。

我们只提供娱乐,实实在在的娱乐;我们不提供道理,不提供新思维方式,不开发智力;就是玩儿,就是游戏,思维体操。

娱乐应当理直气壮。

三

有很多书都似乎掌握了绝对真理,那是他们的事。

同样的话我不敢说。

老子说:道可道,非常(恒)道。

意思就是:真理(在某时某刻)可以(用某种方式)表达出来,但说出来的那个并不是(恒常的)真理(它只适用于此时此地)。

反正这话我就这么解释,别人怎么解释随他去。

四

看起来一样的情况,应付方式很可能不一样,道理不能生搬,有些是时候不对,有些是地方不对,即使时间地点连带事件都一样,做事的"你"也不一样。

一个寡断的人未必就不知道"智者无虑",一个懦弱的人未必就不知道"勇者无惧",但知道未必能理解,理解也未必能做得到。

五

那么书上的道理到底有没有用?

有用。

有多大用?

不敢说。

知道不是体验,知识不是智慧。

书是拿来用的,看完就扔,别当真。

人说赵普靠半部《论语》治天下,实际上是赵普从小没看过书,一切从实际出发,调度内政,辅佐赵匡胤打完天下,官拜宰相。

赵匡胤说:你得看点书——我这好歹也是个朝廷,宰相是最大的文官,别人没看过书你不能没看过书,传出去让人笑话。

赵普说:好,我回去看书。

于是赵普就搞了半卷《论语》,每当有客来访,他就拿出来装装样子。时间久了,常来常往的也都诧异,就问赵普:手里这书怎么就从没见你换过呢?

赵普说:圣贤之书,取之不尽,用之不竭,半本就够了。

实际上他就这半本。

书上的道理到底有多大用,我不好说,您自己琢磨。(文/陈思亮)

感谢以下朋友在本书组稿过程中所有宝贵而直率的意见。
非常享受历次沟通。(排名不分先后)

《京华时报》考评中心主任	黄东江
大庆百湖影视传媒有限公司副总经理	谢 单
中山大学中文系现当代文学专业博士生	单 昕
哈尔滨市第三中学校语文教研室一级教师	张 月

后 记

好事多磨。

《悦》第一本上市,受到了广大读者们的广泛欢迎,再版三次。

也正因如此,景岩社长等社领导也都对《悦》乃至"时尚阅读"这个系列投入了更多的关注,本着精益求精的态度,《悦》第二本从最初成型,到最后出版,整整换了四稿,投入大量的制作时间,才最终与大家见面。

每每翻起删改的稿件,竟然有许许多多的舍不得;我们曾经开玩笑说:如果每本图书都像这样制作,图书市场哪里会疲软,那时候出版人才是世界上最幸福的人。

值得一提的是,在本书制作的一年多的时间里,作者周游都在外地写作《共和国引擎:大庆》一书,而北京的思亮的工作效率过高,这直接导致了出版社话费开支的增加,也锻炼了责编李晓丽女士的耐心。

现在,这几个年轻作者在大庆成立了文化公司,入驻了当地的文化创意产业园,《悦》的第三本会在那边完成。周游曾经提过,想把在大庆制作的动漫产品和《悦》

系列图书内容结合在一起,互为内容,互为宣传。

年轻人的新想法总是让人禁不住想尝试。

在这一年里,出版社也已向改制迈出了第一步,以后会更加市场化。我们仍然会坚持出版读者喜欢的、读者需要的书,与时俱进,拿出更好的作品献给大家。

子曰:《悦》系列,一言以蔽之,思无邪。

《悦》的编者和作者会和《悦》系列一起,永远陪伴着你们。

冈 宁

2010年4月